수필로 그리는 자화상 ❷

최원현 수필선집

고자바리

수필로 그리는 자화상 ❷

최원현 수필선집

고자바리

인쇄 | 2023년 11월 20일
발행 | 2023년 11월 24일

글쓴이 | 최원현
펴낸이 | 장호병
펴낸곳 | 북랜드
　　　06252 서울 강남구 강남대로 320, 황화빌딩 1108호
　　　대표전화 (02)732-4574, (053)252-9114
　　　팩시밀리 (02)734-4574, (053)252-9334
　　　등록일 | 1999년 11월 11일
　　　등록번호 | 제13-615호
　　　홈페이지 | www.bookland.co.kr
　　　이-메일 | bookland@hanmail.net

책임편집 | 김인옥
기　　획 | 전은경
교　　열 | 배성숙 서정랑

ISBN 979-11-7155-012-8　03810
ISBN 979-11-7155-013-5　05810 (e-book)

값 12,000원

고자바리

최원현 수필선집

북랜드

수필을 수필이게 하는 힘

바람 한 점도 없는지 창밖 나뭇잎이 미동도 않는다. 나뭇잎이 흔들리지 않는다는 것은 분명 바람이 없다는 것이다. 40여 년을 수필과 함께해 오면서 사물의 움직임보다는 삶의 움직임에만 더 신경을 썼던 것 같다. 특히 지나온 삶을 기억해 내며 현재의 내 삶을 비쳐 본다든가 후회와 반성 내지 새롭게 방향을 전환하고자도 했다. 하지만 지난 것을 돌이킬 수는 없는 거였다. 한데 어느 날부터인가 살아갈 날들이 더 궁금해졌다. 내가 살아갈 내 삶인데도 아무것도 알 수 없는 미지의 세계였다.

지나온 삶으로도 미래를 예측할 수 없는 게 인생이 아닐까 싶다. 이런 내게 수필은 그냥 삶이었다. 내 삶을 문자화시킨 것이 수필이었고 수필은 '내 삶을 말하기'였다. 여러 권의 수필집을 내면서도 채워지지도 보람되지도 않은 무언가의 부족함은 알 수 없는 허기로 나를 늘 안절부절못하게 했다.

오래전부터 '에세이-수필'이 아닌 태생부터 다른 고유의 한국적 '수필SUPIL'을 고집해 왔다. 우리 수필은 'Essay'가 '수필'로 번역되는 것과는 본질적으로 다르다. 문화·환경·정서가 완전히 다른, 그렇기에 사고思考도 사유思惟도 다를 수밖에 없는 우리만의 '수필'이다. 일본의 '하이쿠', 한국의 '시조SIJO', 한국의 '수필SUPIL'은 고유한 문학장르일 수밖에 없다.

북랜드가 큰일을 저질렀다. 무엇 하러 이러는지 모르겠다. 아마도 '장호병 수필사랑'이 사명처럼 내린 결론일 것이다. 그저 고맙고 그러면서 미안하고 죄송하다. 감히 누가 이런 일을 하겠는가. 이리 수필을 위해 애쓰고 헌신하는 분들이 있는데 수필을 쓴다며 붓장난이나 하고 있는 것 같아 그냥 송구스럽다.

　'수필로 그리는 자화상' 시리즈는 수필을 통해 '그 사람'을 보고자 하는 것 같다. 해서 작품 선정도 그런 면에 마음을 두었다. 표제로 삼은 '고자바리'는 어쩔 수 없이 지금 되어가는 내 모습이고 나중의 내 모습이고 내 자리일 것 같아 제목으로 정했다.

　40여 년의 세월이 빚어낸 흔적들이 하다보니 꽤 많아져 고르려니 그것도 쉽지가 않다. 그래 마음이 가는 대로 골라봤다. 좋은 작품은 못 될 것이다. 다만 살아온 내 마음이고 살아갈 내 마음들이다. 기획자의 의도가 독자에게도 잘 전달되어 각박한 세상, 자꾸 사람이 설 자리도 앉을 자리도 없어진다는 이 시대에도 잠시 앉아 쉬어가는 모나지 않은 그루터기였으면 싶다. 어쩌면 그게 수필을 수필이게 하는 힘이 아닐까.

2023년 11월, 하늘 맑은 날에

늘샘 최원현

차례

제2부 감자꽃 향기

제3부 햇빛 마시기

제4부 어머니의 끈

제1부

눈이 부시게

결

목각 자동차를 찬찬히 들여다본다. 물결무늬의 결이 등을 타고 내려와 있다. 그 짧은 길이에서도 한 번 휘어지며 다시 내려온 것이 참으로 신기하다.

이게 내 집에 있게 된 것만도 35년이다. 아들아이가 네 살 때였던 가. 유난히 차를 좋아하는 아이에게 자동차회사 부사장으로 있던 아이의 큰아빠가 독일 출장길에서 사다 준 것이다. 아이는 그걸 손에 들고 놀고 입으로 빨기도 하며 아주 잘 갖고 놀았다. 그런데 조금 크면서부터 다른 것으로 눈이 가더니 찾는 횟수가 줄어들고, 결혼하여 미국으로 가버리자 내 소유가 되었다. 두 아이의 아빠가 되어 다시 돌아온 지금엔 가끔 그 아들의 아이들이 갖고 놀긴 하지만 여자애들이어서인지 제 아빠 같진 않다.

35년이란 세월의 때가 묻었을 목각 자동차를 오늘은 비누칠을 해서 깨끗하게 씻어보았다. 그런데 물에 불리니 뭔가 벗겨진다. 윤이 나라고 겉에 칠을 했었나 보다. 오랜 세월 후라 그 칠도 힘이 약해졌는지 물에 불리니 금방 벗겨져 내린다. 한데 칠이 벗겨지니 나무 본래의 결이 나타난다. 곱다. 나무의 어느 부위로 만들어진 것일까. 물결처럼 이리 쏠리고 저리 쏠린 결 무늬, 차의 형태를 따라 무늬도 길게 흘러가고 있다. 바퀴의 결은 가로로 질서정연하게 그린 듯 나 있고 몸통은 시냇물 흘러가듯 물결 져 있다. 결을 따라 손가락으로 만져보니 눈으로 보지 않아도 알 수 있을 만큼 손으로도 흐름이 느껴진다.

세상의 모든 것엔 다 결이 있지 않을까. 할머니의 손에서 느껴지던 삶의 결, 손주 녀석의 손에서 느껴지는 보드라운 감촉도 그렇고 매일 입는 옷이며 양말에도 다 나름의 결이 있는 것 같다. 어떻게 보면 어린 날의 추억이며 지난 삶의 기억들도 결이랄 수 있지 않을까. 그러고 보면 내가 목각 자동차를 씻은 것은 큰 잘못일 수도 있겠다. 삼십오 년 추억도 결을 이루었을 텐데 깨끗하게 한답시고 그걸 벗겨내 버렸으니 말이다. 하지만 한 편 생각하면 본연의 나뭇결을 찾아준 셈이기도 하다.

아침에 집을 나서는 아내의 손을 잡아주다가 깜짝 놀랐다. 내 손도 많이 거칠어졌지만 여자인 아내의 손바닥이 나보다 훨씬 거칠다. 그만큼 나보다 험하고 힘들게 살았다는 증거가 아닌가. 미안하고 안쓰럽다. 전엔 그런 생각조차 안 했었는데 요즘 들어 이런 생각이 드는 것도 내 마음의 세월 물결일까 싶기도 하다.

목각 자동차의 등을 쓰다듬으니 물결무늬 같은 목리가 손끝에 닿는다. 삼십오 년을 숨어있다 나타난 결이다. 그래선지 보기는 반지르르해 보여도 손끝에 와닿는 느낌은 사뭇 다르다. 결이란 살았음과 살아있음의 표가 아닌가. 숨결, 살결, 마음결 같은 것은 말할 것도 없고 나무의 결이나 돌의 결도 그의 존재감을 나타내는 것 아닌가.

젊은 시절 석공예가인 교회 집사님을 따라 그의 작업장엘 가 본 적이 있다. 집채만 한 큰 바위를 요리조리 만지며 살피더니 작은 정으로 몇 군데 톡톡 홈을 내었다. 그리고 동료들을 부르더니, 여럿이 한꺼번에 그 홈마다 정을 대고 신호에 맞춰 동시에 망치를 내리치니 그 어마어마한 바위가 힘없이 쫙 갈라져버렸다. 결을 정확히 찾아 어떤 모양으로 쓸 것인지를 계산하고 결 따라 충격을 주면 그렇게 갈라진다고 했다. 결은 바위를 지탱하는 힘이었지만 사람의 급소처럼 치명적인 부분이기도 했다. 해서 결은 생명이다.

요즘 들어 깜박깜박 잊기를 잘한다. 금방 말을 해놓고 잊어버리기도 한다. 어제 들은 얘기는 까마득하게 잊힌 일이 되기도 한다. 하지만 세월이 갈수록 더 짙게 남아있는 기억도 있다. 기억에도 없는 아버지와 어머니 모습은 갈수록 형체를 분명히 한다. 이 또한 세월의 결일 텐데 더 짙어지고 분명해진다니 신기하기만 하다. 그렇고 보면 웬만한 모든 것이 흐려지고 엷어져 가지만 가장 어렸을 때의 기억이 될 첫 기억들은 하얀 종이 위에 그려진 그림처럼 지워지지도 희미해지지도 않는가 보다. 살아가는 시간의 나이테 또한 결일 텐데 말이다.

  아내에게 목각 자동차를 주어봤다. 아내는 아이의 그 무렵 삶을 지금인 것처럼 얘기한다. 아빠와 엄마의 차이인 것 같다. 하지만 목각 자동차를 쥔 아내의 손에 자꾸 눈이 간다. 아침에 느꼈던 세월의 결이 마음속 주름으로도 다가와서다. 미안함과 안타까움으로 아내를 쳐다보니 그 눈가에도 짙은 주름이 앉아있다. 그와 내가 함께 해서 만들어진 결이다. 나를 보는 아내도 그리 생각할 것이다. 목각 자동차를 책장 맨 위에 올려놓느라 깨끼발을 하며 용을 쓰다 보니 헉 숨이 차다. 이도 삶의 결일까. 《수필과비평》, 2019.

눈이 부시게

겨울날답지 않게 햇살이 밝고 아름답다. 남부지방에서부터 눈이 아닌 비가 올라온다고 하더니만 아직 중부는 그 영향권이 아닌 것 같다. 별로 크지도 않은 땅덩어리의 나라인데 이처럼 한곳에선 비가 오고 다른 곳은 맑으니 참 신기하다. 하지만 요즘 내 일상은 이런 햇살 같지 않다. 양방과 한방 병원을 오가며 진료를 받고 침을 맞으며 통증을 다스렸다. 다스렸다기보다 제발 좀 가만 있어달라고 달래고 애원했다는 표현이 더 맞을 것 같다. 뭐가 그리 부실한지 금방 피곤해지고 통증으로 온밤을 새우기도 하니 참 부끄럽기도 하고 속상하기도 하다. 그래도 어찌하다 보면 무엇이 어떻게 작용했는지 모르지만 통증도 자지러들고 잠도 잘 수 있으니 그나마 다행이긴 하다.

눈이 부실 만큼 햇살이 아침을 밝힌다. 해서인지 통증은 있어도 마음도 따라서 밝아지는 것 같다. 오늘은 강원도 평창으로 강의를 간다. 해서 청량리역에서 KTX로 평창까지 간다. 2년 넘게 고속버스로 다녔는데 주 52시간 때문인지 KTX 때문인지 버스 운행이 반으로 줄어 내가 이용하던 시간대의 버스를 이용할 수 없게 되었다. 다행히 KTX로 그 시간대를 맞출 수가 있으니 얼마나 다행인가. 그러고 보면 사람이 사는 것이 다 얽히고설키며 어려움을 만드는 것 같지만 잘 살펴보면 꼭 한 군데쯤 길이 있음을 발견하게 된다.

너무 조급해할 일도 분해할 일도 아니란 생각이 드는 것도 이만큼 삶을 살아오며 저절로 생긴 지혜가 아닐까 싶다. 19년 전에 『살아있음은 눈부신 아름다움입니다』란 수필집을 낸 바 있다. 재소자들을 위한 잡지에 6년 넘게 '밖에서 띄우는 편지'란 제목으로 연재를 했던 것인데 그 일부를 모아 책으로 냈다. 재소자가 되어 담 안에서 사는 그들에게 담 밖의 소소한 이야기들을 들려줌으로써 평범한 일상을 그리며 형기를 잘 마치고 가족의 품으로 돌아가길 바라는 마음으로 쓴 글들이었다. 평범한 세상 돌아가는 이야기, 내 아이들 이야기, 친구 이야기, 하루하루 사는 사람들 이야기였다. 혹시라도 생각을 허투루 하여 무슨 일을 내면 안 된다는 생각도 있었지만 살아있는 이 순간이야말로 얼마나 귀하고 아름답고 눈부신 것인가 하는 내 솔직한 고백이었다. 살아있음은 눈부신 아름다움입니다. 목숨이 붙어 있는, 생명이 있다는 건 신비로움이고 기적이 아닐 수 없기 때문이다.

얼마 전에 방영되었던 〈눈이 부시게〉란 드라마가 있었다. 김혜자가 알츠하이머(치매)를 앓는 노인을 연기했는데 드라마 내용도 좋았지만 그녀가 백상예술대상 TV 부문 대상을 받으며 수상소감으로 그 〈눈이 부시게〉 최종회에 나왔던 내레이션을 들려주어 큰 감동을 주었다.

'내 삶은 때론 불행했고, 때론 행복했습니다. 삶이 한낱 꿈에 불과하다지만 그럼에도 살아서 좋았습니다. 새벽에 쨍한 차가운 공기, 꽃이 피기 전 부는 달큰한 바람, 해 질 무렵 우러나는 노을의 냄새, 어느 하루 눈부시지 않은 날이 없었습니다.'

'지금 삶이 힘든 당신, 이 세상에 태어난 이상 당신은 모든 걸 매일 누릴 자격이 있습니다. 대단하지 않은 하루가 지나고 또 별거 아닌 하루가 온다 해도 인생은 살 가치가 있습니다. 후회만 가득한 과거와 불안하기만 한 미래 때문에 지금을 망치지 마세요. 오늘을 살아가세요'

'눈이 부시게. 당신은 그럴 자격이 있습니다. 누군가의 엄마였고, 누이였고, 딸이었고, 그리고 나였을 그대들에게'

어쩌면 우리 인생이란 것이 그녀가 들려준 대사와 같지 않을까. 그녀는 후회만 가득한 과거와 불안한 미래 때문에 지금을 망치지 말고 눈이 부시게 오늘을 살라고 했다.

사람이란 게 완벽하지 못한 존재여서인지 불안하고 늘 다가오지 않은 미래, 내가 알 수 없는 내일에 대해서 지나치리만큼 두려워한다. 그러면서 맹목적인 기대와 바람 때문에 더 큰 실망과 좌절을 겪기도 한다.

그 김혜자가 어느 인터뷰에선 "날개는 누가 달아 주는 것이 아니라 내 살을 뚫고 나와야지." 했다 한다. 내 삶의 주인은 언제든 나일 뿐이고 그만큼 모든 책임도 나에게 있는 것인데 내 살을 뚫고 나오지 않은 누구 것인지도 모르는 날개를 내 어깨에 붙인다고 날아질 것이냐는 말일 것이다. 내 오늘의 눈을 부시게 하는 것은 무엇일까. 지금, 이 순간이라고 한다면 맞는 말일까. 나는 그런 오늘 그런 지금에 어떡하고 있는가. 어떻게 사는 것이 진정 눈이 부시게 사는 것일까.

어렵게 강의를 마치고 돌아왔는데 통증이 막 심해졌다. 순간 혹시 또 결석이 아닐까 하는 생각이 들었다. 바로 얼마 전에 세 번이나 돌을 깼는데 그새 또 생겼단 말인가. 믿기지 않으면서도 병원에 전화를 해봤다. 속히 오란다. 검사를 하니 맞다고 한다. 아픔과 고통 속에서 몇 날을 고생했는데 전혀 예상치 않은 곳에서 문제를 찾고 해결을 하는 셈이다. 신장결석, 지난번처럼 돌이 신장에서 요관尿管으로 진입하는 그곳에 떡하니 걸려있다는 것이다.

통증은 때마다 늘 상상을 초월했다. 평소에 늘 허리가 아프고 신장기능이 약했기에 그쪽에서 다시 문제가 생긴 것으로만 알았고 병원에서도 그쪽으로만 추적했는데 아니었던 것이다. 왜 그 생각을 못 했을까. 전력도 있는데 말이다.

급히 사진을 찍고 초음파를 하고 위치를 잡아 초음파쇄석기로 돌을 깼다. 1초에 한 번, 1분이면 60번, 40분이니 2,400번을 기계가 쿵쾅거리며 돌을 깼다. 그렇게 해서 소변을 통해 나온 돌의 잔해들, 이걸 내 몸에 담고 있었다는 얘기다. 통증이 시나브로 사라졌다. 세상이 달리 보인다.

　왜 이리 단순할까. 내 생각대로 되는 게 아닌 줄 아나 보다. 기왕의 증상이 가져왔을 거로 생각했던 통증은 전혀 다른 원인으로 나를 흔들었다. 그간 여러 가지로 신호를 보내왔었다. 무엇보다 비위가 상하여 입맛을 잃어버렸고 쉬 피로했다. 이건 지난번 징조와도 같은 것이었다. 하지만 돌을 깬 지 얼마나 되었다고 또 돌인가. 어쨌든 언제 그랬느냐 싶게 통증이 사라지자 그야말로 살 것 같았다. '어느 하루 눈부시지 않은 날은 없습니다.' 그런 것 같다. 아침에 보았던 부신 밝음의 햇살처럼 지금은 불빛들이 현란하다. 그러고 보니 오늘 하루를 어떻게 살아왔는지 내가 생각해 봐도 장하고 기특하다. 통증을 억누르며 집을 나서 먼 곳까지 강의를 하고 돌아온 길, 그나마 다행히 통증이 견딜 만은 했다는 것, 강의 끝나고 집에 와서야 다시 심해졌다는 것, 삶은 그렇게 위태롭게 하루하루를 사는 것이던가. 그렇다가도 눈부시게 시간을 빛내던 삶이 아녔던가. 통증 없이 바라보게 하는 세상이 나를 눈부시게 한다. 나는 그 하루 속에서 너무나도 작은 존재로 사는 것이지만 해서 삶은 그렇게 더욱 눈부신 것이었다. 《수필과비평》, 2020. 2월호

눈이 부시게

고요 그후

큰어머니 장례를 마친 후 좀처럼 마음의 안정을 못 찾았다. 뭔가 모를 큰 실수를 저지른 것처럼 심장이 벌렁댔고 무슨 경(更)이라도 칠 것 같은 불안이 오금을 저리게 했다. 맥박도 90을 오르내리며 마구 요동을 쳤다.

딱히 큰어머니가 가신 때문만은 아닐 수 있다. 내 신체의 바이오리듬에 문제가 생겼거나 정신적으로 내가 미처 깨닫지 못한 잠재적 스트레스가 발동했을지도 모른다.

그런 어느 날, 마지막 면회를 마치고 나올 때 흔들어 주시던 그 손이 눈앞에서 왔다 갔다 했다. 그 손에서 아지랑이처럼 피어올랐다 각도를 꺾어 갑자기 내게로 달려오던 수많은 의미의 소리 없는 말들이 한순간 가슴이 먹통이 되도록 점령해버렸다. 그런데도 그렇게 가슴이 꽉 메워졌음에도 다 비워낸 가슴처럼 시원해지는 것이 아닌가. 숨쉬기도 편해지고 몸도 순간적으로 가벼워지는 변화 앞에서 나도 모르게 눈물이 나왔다.

그러고 보니 큰어머니는 내 아버지 어머니 대의 마지막 보루였다. 삼 형제 중 중간이었던 아버지를 위시해서 아버지 3형제가 다 가셨고, 맏이였던 어머니를 비롯한 세 자매도 다 가버렸다. 그런데도 왔다가 간다는 것, 떠난다는 것의 의미가 새삼 낯설어지는 것은 나만 못 가본 길이어서일까. 수없이 내 곁을 떠나갔다. 붙잡을 수도 아니 가는 것을 알 수도 없게 살그머니 떠나가기도 했다. 그 이후의 절차나 행사는 산 자들의 체면치레일 뿐이었다. 예우라는 것도 영혼이 떠나버려 당사자는 알지도 못하는데 무슨 예우인가. 그 또한 산 자들, 살아있는 자들끼리의 위로이며 나도 떠나거든 이렇게라도 해달라는 바람이고 요청이었다.

돌 달에 아버지, 세 살 때 어머니, 태어나기도 전에 형을 잃어버린 내게 죽음이란 이름으로 떠나간 것들에는 식상해할 정도로 익숙해 있는 줄 알았는데 그게 아녔다. 달걀이 자기가 스스로 깨고 나오면 병아리지만 남이 깨면 프라이가 된다는 말처럼 생명 또한 스스로 나올 때 생명이고 움직임이 멈춰지면 죽음이 아니겠는가.

큰어머니의 마지막 손 인사의 의미가 자꾸만 가슴을 친다. 박자와 세기를 달리해서 가슴을 친다.

'잘 가거라. 이젠 더 못 보겠구나. 잘 살아라. 나중에 다시 보자.' 그러셨을까.

'고맙다. 와 줘서. 또 올 거지? 나 잊어버리지 말고 꼭 시간 내어 다

시 보러 와라. 그래야 한 번 더 보지.'

'참 세월 빠르구나. 어느새 너도 늙었구나. 너희도 멀진 않겠다.'

문밖으로 나가며 뒤돌아보았을 때도 올려진 손은 그대로였다. 그게 마치 이승과 저승의 경계처럼 보였다. 그로부터 보름 후 아주 조용히 숨을 거두셨다고 한다.

자식도 함께해 주지 못한 이별의 길, 그때 큰어머니는 무슨 생각을 하셨을까. 당신이 배 아파 낳은 자식만도 아들 넷에 딸 하나 다섯이나 되는데 정작 돌아올 수 없는 먼 길을 가는데도 아무의 배웅도 없이 그렇게 조용하게 떠나신 것이다. 정적 고요 침묵, 사람들은 슬픔 앞에서도 숫자를 세며 자신을 위로하기 바쁘다. 아흔넷이면 살만큼 사셨다고, 행복하신 때도 많으셨을 거라고, 설날을 아흔네 번이나 맞으셨으니 복 있는 분이라고.

그런데 그가 가신 지금 고요만 남아있다. 그 고요 속에서 나도 그분을 따르고 있다. 내가 포함된 아주 길고 긴 행렬로. 죽음 이후 삶의 행진도 고요로이. 《문파》, 2019. 8.

그 향기

내 코는 상당히 잘 발달된 편이다. 내가 없을 때 아내가 집에서 한 일도 귀신같이 알아낸다. 음식을 만들다 뭘 태웠다던가 하면 아무리 환기를 잘 시켰다 해도 내 코를 빠져나가지 못한다. 담배를 피우는 사람이 지나가도 난 금방 감지해 낸다. 개코 정도는 아녀도 가히 쓸 만한 코다.

언젠가 산길을 가는데 바람결에 더덕향이 느껴졌다. 일행에게 가까이에 더덕이 있는 것 같다고 했더니 그게 어디냐며 다그쳤다. 가만히 서서 냄새가 나는 방향을 가늠해 보니 냄새나는 쪽의 감이 잡혔다. 일행 중 하나가 내 말을 따라 그 방향에서 한참을 헤매더니 더덕을 캐왔다.

나는 향수를 그다지 좋아하지 않는다. 좋아하지 않는다기보다 짙은 향기는 별로 좋아하지 않는다 해야 할 것이다. 사알짝 나는 둥 마는 둥 하는 그런 향기쯤이 좋다.

눈이 부시게

예쁜 꽃을 선물 받았다. 분홍 노랑 빨강 연보라 색색의 꽃이 참으로 아름답다. 가까이 코를 대고 냄새를 맡아보았다. 그런데 냄새가 없다. 물론 조화니 그러려니 했지만 비누 꽃이라고 해서 어떤 비누 향이 날까 기대가 되었었다. 한데 전혀 어떤 냄새도 맡아지지 않았다. 향기 없는 꽃, 아무리 예뻐도 향기 없는, 생명이 없는 꽃은 아름다움에서도 분명 한 수 뒤다.

휠체어를 탄 엄마가 아기를 연신 어르고 있다. 아기는 가끔 무엇이 그리도 좋은지 까르륵 웃는다. 엄마는 그런 아기를 불편할 텐데도 팔을 높이 하여 어르고 있다. 엄마의 얼굴 가득 넘쳐나는 행복감, 아 저게 엄마의 향기이겠구나 생각이 들었다.

아기 냄새, 엄마 냄새는 아무리 나이가 들어도 좋아하는 냄새다. 그러나 정작 사람 냄새라면 달라진다. 겉과 속이 다른 사람도 있어서 그의 하는 짓이나 말에서도 향기가 아닌 그야말로 고약한 냄새가 느껴지기도 한다.

오늘도 산책길에서 그 민들레를 만났다. 누군가에게 밟혀 몸을 펴지도 못하지만 노란 꽃을 이쁘게도 피웠다. 꽃 필 때가 아니건만 이제야 꽃을 피웠으니 더 갈 길이 멀고 바쁘다. 지나치지 못하고 구부리고 앉아 그를 내려다본다. 순간 코를 벌름대며 그 향기를 내 속 깊이까지 들이마신다. 문득 휠체어에 앉아 아기를 어르던 젊은 엄마가 생각난다.

그래 맞다. 향기란 코로만 맡아지는 게 아니었다. 눈으로도 맡아지고 귀로도 맡아지는 것이었다. 아침에 집을 나설 때면 미리 준비해 두었던 동전 통에서 한 움큼씩 동전을 꺼내 주머니에 넣고 나가던 친구가 있었다. 그는 지하도 입구나 길가에서 손을 벌리고 있는 사람을 만날 때마다 손에 잡히는 대로 몇 개씩의 동전을 주고 갔다. 그런데도 그는 가져간 동전을 다 못 쓸 때가 많다고 했다. 줄 사람을 만나지 못할 때도 있고 모자랄까 봐 조금 아끼다 보면 오히려 남게 된다며 그걸 몹시 아쉬워했다. 친구는 몇 달씩 월급도 제대로 못 받는 회사에 다니면서도 어려움 당하는 남의 걱정부터 했다. 나 같은 속물은 그런 그를 마구 윽박지르고 타박하며 네 살길이나 찾으라 했다. 그러면 그는 "나는 그래도 월급을 받잖어." 하며 반밖에 안 나온 월급보다 회사 걱정까지 했다. 그런 그도 가버린 지금 나는 그가 더욱 그립다. 그는 갔지만 그의 말 한마디 한마디가 사라지지 않는 향기로 나를 채찍질한다. 어떻게 사는 것이 잘 사는 것이냐고 묻기도 한다. 그 친구를 생각하면 문득 문득 내 고유의 향기가 뭔지도 모르고 사는 내가 아닌가 싶기도 하고 향기 아닌 냄새로 남을 기분 나쁘게 하지나 않는지도 몰라 더럭 겁이 난다.

향기란 몸에 덧입혀진 것에서 나는 냄새가 아니라 내 안 깊숙이나 내 행동 자체에서 풍겨나는 것이 아닐까. 그 친구뿐 아니라 짓밟힌 민들레꽃에서 맡아지던 향기나 휠체어 아기 엄마의 미소 같은 향기가 화려하고 거창한 것만을 좋아하는 이 시대 우리의 가슴들에도 심어지고 스며들 수 있었으면 싶다.

눈이 부시게

코만 민감해서 냄새만 잘 맡으면 무슨 소용인가. 내 냄새가 어떤 것인지부터 알아채고 다른 사람에게 피해를 주지 않아야 할 것 아닌가. 뿐인가. 좋은 냄새가 어떤 것인지 잘 찾아내어 같이 누리게 하는 것도 한 방법이겠다.

마지막 가을이 가는 이때 작은 아름다움을 소롯이 선사하는 그런 향기로움과 향기가 유난히 그리워지는 것은 왜일까. 내가 낼 수 없는 그 향기 때문일까. 내 코의 위력을 어디다 발휘해야 향기처럼 사람들에게 좋은 기억으로 오래 남게 될까. 오늘따라 친구가 더 많이 생각난다. 그의 향기로운 기억 때문이리라. 《좋은수필》, 2016. 1월호

내버려 둠에 대하여

얼마 전 한 달여를 아주 심하게 앓았었다. 대학병원의 응급실로도 들어가고, 진통제를 먹어보고 주사를 맞아 봐도 가라앉지 않는 통증은 어디선가 보았던 그림 한 폭을 떠오르게 했다.

기억 속의 그림은 짙은 빨강과 검정의 소용돌이였다. 보고만 있어도 극도의 혼돈과 불안을 느끼게 하는, 내 몸이 빨려 들어가는 착각을 일으키게 했다. 그러나 이번 내 상황은 세탁기의 탈수 통 속에서 돌아가는 빨래처럼 그 그림 속 휘돌이 속으로 온몸이 아닌 머리만 빨려 들어가는 고통이었다.

앓는다는 것, 거기엔 분명 원인이 있을 터였다. 그러나 통증은 극에 달하는데도 현대과학 첨단 장비의 대답은 '이상 없음'이요 '아주 정상임'일 때 그것을 인간 능력의 한계로 보아야 할 것인가 장비의 한계로 보아야 할 것인가. 그 '이상 없음', '아주 정상임'과 견딜 수 없는 아픔 사이에서 내가 할 수 있는 것은 아무것도 없었다.

눈이 부시게

두통, 난 두통이란 게 그렇게 크고 깊고 넓은 것인지 몰랐었다. 두통의 종류만도 무려 400종이 넘는다고 했다. 내게 온 놈은 그 중 대단한 악질이었다. 내 머릿속을 제 마음대로 마구 드나들면서 심심하면 걷어차고 짓밟고 비벼댔다. 어떨 땐 마구 쾅쾅대며 발 구름을 하기도 하고, 아주 기분 나쁘게 직직 끌기도 하면서 제가 할 수 있는 온갖 못된 심술을 다 부렸다. 그때마다 나는 자지러지고 머리를 움켜쥐며 신음하다가 머리통을 떼어내 버리고 싶은 충동, 삽으로 아픈 부위를 푹 파내어 버리고 싶은 강렬한 충동으로 몸을 떨었다.

녀석은 그런 나를 보는 것이 너무나 재미있는 것 같았다. 내가 고통스러워하면 할수록 더욱 신이 난 듯 기세를 높였고, 그러면 나는 더 자지러졌다. 그렇게 한바탕씩 흔들어 놓고는 녀석이 히죽이 웃고 있을 때면 내 머릿속은 천만 근 무게의 납덩이가 되어 아무런 생각도 느낌도 없어져 버렸다. 그러고는 무서울 만큼 잠시 고요가 왔다.

폭풍후의 정적, 그런 불안한 평화 속에서 문득 떠오른 말이 '내버려 둠'이었다. 제발 나를 좀 내버려 둬 줄 수 없나, 나를 마구 흔들고 가만있지 못하게 하는 것들에게 제발 나를 좀 가만히 내버려 두기를 간절히 애원했다.

평소에는 그렇지 않았던 아주 미세한 소리까지도 잡아내는 귀, 아주 여린 빛까지도 감지해 내는 눈, 거기에 맞춰 지나칠 만큼 예민하게 자극하는 생각들은 내 머릿속을 창세 전의 카오스로 몰아갔다. 꼭 맞는 말이 혼돈이었다. 그러나 다시 생각해 보면 살아있다는 것은 크건 작건 고통을 느끼는 것이고 아픔을 아는 것이고 그것들로부터 벗어나려는 힘을 발휘하는 상태가 아니겠는가. 사람도 너무 편안하고 아무 일도 없을 때는 살아있음의 의미조차 느끼지 못한다. 말하자면 위기감이 없어진다는 것인데 위기감이란 생명에 대한 강한 애착과 종족 보존의 번식력으로 살아있다는 자기표현을 하는 것 같다. 그래서 살기가 어려워지면 어려워질수록 종교에 귀의하는 수가 늘고 풍요롭고 평화로워지면 종교에서도 멀어진다고 한다. 어렵다는 것은 자기 힘만으로는 살아갈 수 없다는 자기 항복이다.

난蘭 한 촉도 생명의 위기감을 느껴야 꽃 촉을 밀어올린다고 한다. 죽을힘을 다할 때 기적도 일어난다. 어찌 생각하면 시시포스의 고통도 특별한 배려라 할 수 있지 않을까. 고통을 통해 살아있음을 느끼라는, 아니 살고 싶어 하는 강렬한 생존력을 느끼게 해 주려는 특별한 배려가 아녔을까. 만일 그가 수고도 고통도 없는 한곳에 가만히 갇혀만 있었다면 그는 그걸 더 고통스러워하지 않았을까. 내게 임한 이 고통도 새로운 전환기에 있는 내게 주신 신의 특별한 계획 속 알림이 아닐까.

몇 날을 계속된 고통 속에서 아무 생각도 않으려 하는데도 자꾸만 이 '내버려 둠'이란 화두가 나를 놓아주질 않았었다. 내버려 둠이란 관심 없음이요 방관도 되는데 내가 바라는 이 내버려 둠은 그렇게 나를 관심으로부터 버려달라는 것은 아니다. 내 내버려 둠의 소망은 나를 마구 흔드는 고통으로부터 벗어날 수 있는 적극적 보호다. 사람에게 일상적인 내버려 둠은 아주 나쁜 것이 될 수 있는 것처럼 적당한(?) 고통의 흔듦은 살아있는 모든 것을 그답게 해 줄 것 같다.

사람이란 알게 모르게 무수한 인연의 줄에 얽매어 있기 마련이고 보면 보이는 것은 보이는 대로, 안 보이면 안 보이는 대로 생각에서 떠날 수가 없는 존재이다. 그러나 생각을 하기에 고통도 느끼는 것이고 그게 살아있는 증거다.

정확한 이름은 모르겠는데 신경초란 식물이 있다. 무엇이든 자기 몸을 건드리면 움츠러들고 만다. 초등학생 때 교실 앞에 신경초가 심겨져 있었는데 수업만 끝나면 반응하는 게 신기하여 달려 나가 그걸 건드려 보곤 했었다. 하지만 하도 아이들이 귀찮게 하니까 며칠 못 가 말라죽고 말았다. 식물도 감당 못 할 만큼 귀찮게 하니 죽고 마는데 사람은 어떨까. 어쩌면 나도 여러 가지 갖다 붙일 수 있는 온갖 구실을 내세우며 너무 여러 가지 생각으로 내 머리를 혹사시켰던 것 같다. 내 머리는 견디어보다 보다가 항복을 하고 만 것 같다. 인간이란 워낙 독한 생명체라 신경초처럼 죽지는 않았지만 내 머리도 그걸 감당할 수 없다고 강력하게 거부를 하고 나선 것 같았다.

지나침은 모자람만 못 하다고 했다. 순리란 말처럼 모든 것을 적당하게 분수껏 나를 건사할 필요가 있다. 그렇고 보니 내가 생각하는 내버려 둠이란 기준에는 바로 이런 '적당'과 '순리'나 '분수'가 담겨있는 의미일 것 같다.

'내버려 둠', 그건 살아가면서 누구나 지켜줘야 할 최소한의 양심적 휴식이 아닐까 싶다. 현대인은 그런 예의를 거의 잊고 산다. 심지어 휴식이란 이름으로도 노동보다 강도 높게 머리를 혹사시킬 때도 있다. 이번 내게 온 이 고통과 혼란의 의미는 분명 적당히 나를 내버려 둘 줄도 알아야 한다는 신의 따뜻한 배려요 꼭 그렇게 하라는 사랑의 강력한 요구일 것만 같다. 나로부터의 자유함이 선행될 때 내면의 정신과 생각도 건강할 수 있으리라. 오랜만에 졸음이 몰려온다. 사랑하는 자에게 잠을 주신다고 하신 성서의 말씀이 오늘따라 유난히 따뜻하고 감사하고 의미롭게 다가온다.

그런데 그때 한 달여의 고통이 왜 갑자기 다시 생각난 걸까. 요즘 내가 너무 힘이 들어서일까. 그렇다면 나는 분명 얼마큼이건 내 궤도를 이탈하고 있음이다. 상선약수처럼 자연스러움이 아니라 거슬러 올리는 나만의 이기심과 욕심이 작용했음이거나 가당치도 않게 내 힘을 믿은 게 틀림없다. 내버려 두면 모든 것은 자연의 순리를 따라 움직이는 걸 잊고 있는 게 분명하다. 해바라기는 해를 향하고 벼는 익으면 고개를 숙인다. 나는 알 수 없는 억지스러움과 자만을 내려놓아야 하리라. 벌써 그 무덥던 여름이 언제였나 싶게 가을이 이만큼 와 있지 않은가. 내버려 둘 것들을 내버려 두는 지혜야말로 이 나이의 나를 가장 나답게 하는 것이 아닐까. 《한국현대수필100년》, 2014..

눈이 부시게

어떤 숲의 전설

그날은 우리 모두가 움직이는 나무였다. 왜 그런 생각을 했는지 모른다. 누가 그렇게 하자고 선동을 했는지도 모르겠다. 하여튼 그날 우리 다섯은 누가 먼저랄 것도 없이 훌훌 옷을 벗어던지고 알몸으로 쏟아지는 장대비를 온몸으로 받으며 칠흑의 소나무 숲속으로 뛰어 들어갔었다.

눈으로 코로 마구 흘러드는 빗물 속에서 향긋한 솔향이 맡아졌다. 신기한 것은 그렇게 어두운데도 소나무들을 알아볼 수 있는 것이었다. 까만 소나무가 어둠과 까망은 다르다는 듯 부딪히지 않게 우리의 눈을 이끌어 주었다.

그렇게 마구 달리길 한참, 숲이 끝났다. 그런데도 우린 속도를 줄이지 않았다. 미리 약속을 한 것도 누가 어디로 가자, 하지도 않았지만 우리는 어디로 가야 할지를 알았다. 가속도 상태로 밭으로 뛰어들며 밭고랑 하나씩을 끌어안았다. 그리고 어둠 속에서 손에 잡히는 고구마 줄기를 헤치고 비에 젖어 부드럽게 도톰한 둔덕 깊이 손을 박았다. 흙 속에서 만져지는 딱딱하지만은 않은 감촉, 우린 어둠 속에서도 서로를 바라보며 싱긋 웃었다. 그렇게 몇 개씩 수확한 고구마를 손에 들고 다시 왔던 길을 되돌아 달리기 시작했다. 비는 더욱 드세졌다. "너네들 우리 집 고구마 서리하자고 약속했었지?" 우리 중 하나가 말을 했다. 우린 그걸 듣는 둥 마는 둥 달리면서 키득키득 웃었다. 웃음소리는 빗소리에 잦아들고 빗줄기는 더욱 거세졌다.

소나무 숲, 우린 이 숲에서 자랐고 놀았다. 학교가 끝난 후엔 무수한 갈퀴질로 빨갛게 살점이 보이도록 솔가리를 긁어내었지만 한 번도 미안하단 마음조차 가져보지 않은 우린데도 미워하거나 원망도 안 했다. 오늘의 유혹도 숲이 한 것이 아니라 우리가 숲을 핑계 삼아 했던 일이다. 소나무 하나하나가 어디에 어떻게 서 있는지를 보지 않아도 다 아는 그런 숲이다.

흙투성이가 되었던 우리 몸도 어느새 깨끗해진 것이 느껴졌다. 쏟아지는 빗속을 달리면서 빗물에 고구마를 씻어 한입 베어 물었다. 빗물과 함께 고구마가 한입 가득 베어졌다. 달큰했다. 아삭아삭 씹히는 아직은 여린 고구마 맛보다 빗속을 달리는 숨 가쁨에 호흡이 가빠져 삼키는 것조차 힘들었다. 그럼에도 어둠 속을 달리는 작은 짐승처럼 입으로는 씹으면서 코로는 숨을 쉬면서 발로는 달리는 절묘한 행각을 잘도 해냈다.

눈이 부시게

집이 가까워졌다. 우린 발소리를 죽였다. 그리고 가쁜 숨을 몰아쉬며 맨바닥에 철퍼덕 주저앉았다. 비에 젖은 부드러운 흙의 감촉이 따스한 느낌마저 들었다. 숲이 그대로 가슴에 안겨왔다. 아니다. 숲의 가슴에 우리가 안겼다. 언제나처럼 그는 너른 가슴으로 말없이 우릴 받아주었다. 솔잎에 떨어졌다 다시 떨어지는 빗줄기가 몸을 간질였다. 한데 그것만이 아니었다. 옆의 B가 그 사이에도 솔잎으로 간지럼을 태운 것이었다. 맨발로 달릴 때도 느꼈지만 빗물에 젖은 땅에 앉으니 그렇게 부드러울 수가 없다. 나는 길게 드러누웠다. 이십 분도 채 안 되었을 빗속의 질주였지만 그런 생각을 했다는 것도 그런 짓을 했다는 것도 유쾌 상쾌 통쾌했다. 온몸으로 떨어지는 빗물을 손으로 만져보며 나도 어느새 한 그루 소나무가 되어있는 것을 깨달았다.

빗물이 눈으로 코로 입으로 마구 떨어졌다. 눈을 감아도 코로 들어오는 것은 막을 수가 없다. 가까이의 나무를 만져봤다. 축축하게 젖은 나무가 한껏 부드럽다. 아니다. 살갗은 할머니의 손을 닮았다. 그때 푸드득 소리가 났다. 우린 너무나 놀라 후다닥 일어났다. 아마 잠자리를 훼방 당한 꿩이었을 게다.

그제야 나는 달려온 길을 돌아보았다. 아무것도 보이지 않는 그냥 칠흑의 어둠 그 자체였다. 그런데 그 속에서 소나무들이 움직이고 있었다. 아니 줄을 맞춰 걸어오고 있었다. 어둠과 까망이 구분되는 분명한 행진, 그러나 앞으로 나아오진 못하는 것 같다. 소나무들이 한 발 앞으로 나왔다 한 발 다시 뒤로 가듯 자기 자리를 지키며 흔들거리고 있었다. 나는 친구의 손을 잡았다. 그도 아마 나처럼 와락 무서움이 들었는지도 모른다. 슬금슬금 뒷걸음을 쳤다. 툭, 뒤에 있던 소나무와 부딪혔다. 앞으로 달릴 때는 부딪히지 않았는데 뒤로 가려다 부딪힌 것이다. 그리고 보니 우리가 소나무를 따라 움직이고 있었다. 몸을 돌리자 켜놓고 나온 등잔불이 창호지 창으로 흔들리며 빨리 들어오라고 손짓을 하고 있다.

우린 안방의 할아버지 할머니가 깨실라 도둑고양이처럼 소리를 죽이며 방문을 열었다. 수건으로 대충 몸을 닦고 방바닥에 엎드렸다. 손에는 먹다 남은 고구마가 하나씩, 여기저기 몸에는 긁힌 자국이 보인다. 닫힌 방문 밖에서 '잘 들어갔어?' 소나무들이 아쉽다는 듯 합창으로 물어왔다. 서로를 쳐다봤다. 비에 씻겼다고는 해도 몸에는 솔잎도 붙어있고 풀잎도 붙어있다. 사람도 동물인 것, 그 본능엔 자연의 일부분이 되고 싶은 욕망이 있나 보다.

반백 년이 다 되어가는 우리만의 동화요 전설이다. 그때의 그 숲은 지금도 그대로 있을까. 어린 날의 고향이 그립다. 그 숲이 그립다. 그때의 동무들은 어디서 어떻게 살고 있을까. 지금은 한 명도 연락이 되지 않고 있는데 그들 또한 나처럼 어린 날의 전설을 그리워하고 있을까. 그 숲을 잊지 않고 있을까. 숲은 지금도 그렇게 그런 동화를 지어내고 있을까.

문득 다시 한번 그 옛날의 어린 날로 돌아가 그 숲으로 달려가고

눈이 부시게

싶다. 그래서일까. 요즘도 비가 오는 날이면 가끔 그때의 그 숲 생각
이 난다. 콧속으로 스며들던 솔향에 빗물 머금은 날고구마 맛, 그렇
게 어린 날의 동화는 전설이 되었다. 그리고 나는 사람의 숲에서 그
숲을 그리워하고 있다. 내 어린 날의 숲, 솔향 가득한 그 숲을.

《문학의집 서울》, 2013. 6.

내 안의 그 우물

우물가에는 꽤 오래된 향나무가 하나 있었다. 할아버지는 제사 때면 그 가지를 잘라다 향 재료를 만드셨다. 먼저 표피를 깎아낸 속살의 향나무를 잘 드는 칼로 잘게 깎아 향 쏘시개로 만들었다. 시간이 되면 대소가大小家 친척과 온 집안 식구가 제사상 앞에 순위에 따라 줄을 맞춰 섰다. 그리고 차례대로 한 줄씩 나가 향을 피우고 술을 따르고 절을 했다. 그 '차례대로'가 모두 끝나면 함께 마지막 절을 하는 것으로 제사를 마쳤다. 그때쯤엔 방 안은 그윽한 향내로 가득 찼다. 하지만 매캐하지도 숨이 막히지도 눈이 맵지도 않던 향내, 할아버지는 그날을 위해 향나무를 심으신 것 같다.

우물가의 향나무는 어린 내 키보다도 작아 '앉은뱅이 상나무'라 했는데 전라도에선 향나무를 '상나무'라 불렀다. 우물가엔 상나무만 있는 건 아니었다. 개나리도 자랐다. 겨우내 상나무가 우물을 지켰다면 봄에는 개나리가 우물가를 노란색 나라로 만들었다. 그 우물가에만 울타리를 이루고 개나리가 심겨 있었다.

우물은 사시사철 꼭 그만큼의 깊이로만 찰랑대었다. 두레박을 떨어뜨리면 어떨 땐 유리잔 부딪히는 청아한 소리가 나기도 했다. 그러나 나무 테에 양철을 감싼 삼각형의 두레박을 물에 부딪치는 소리도 안 나게 떨어뜨리는 이모의 기술을 나도 따라 해 보려 했지만 어림도 없었다. 질흙 항아리 박살 나는 소리의 둔탁한 부딪힘이었다. 두레박의 물을 끌어 올릴 때도 여간 기술이 필요했다. 내 두레박이 올라왔을 땐 물은 반도 차 있지 않았다. 그러나 이모의 두레박엔 찰랑찰랑 한가득이었다.

올라올 때의 소리로도 물이 얼마나 담길지 가늠이 되었다. 내 두레박에선 찰찰 치륵치럭 물 떨어지는 소리가 끊임없이 들렸지만 이모의 두레박에선 전혀 그런 소리가 나지 않았다. 그래도 난 내 두레박에서 떨어지는 그 물소리가 참 좋았다. 가끔은 '챙 청' 우물 벽에 부딪치면서 치륵치륵 척척 툭툭 떨어지는 물소리의 공명이 그렇게 듣기 좋을 수가 없었다.

내게 향나무와 두레박은 제사 때만 넘치고 우리 식구만일 때는 한산하던 내 어린 날의 우물을 생각나게 하는 기억의 열쇠인 셈이다.

내가 여섯 살 때쯤인가 집 안에 펌프를 놓았다. 마중물을 붓고 펌프질을 하면 콸콸 쏟아져 나오던 물, 번질나게 밭을 가로질러 다니던 우물엔 더 이상 갈 일이 없게 되었다. 그러나 그 우물을 전혀 쓰지 않은 것은 아니었다. 빨래를 하거나 허상아저씨가 사랑채 큰 솥에 물을 끓일 때는 그곳에서 물지게로 길어다 쓰곤 했고 여름엔 수박이나 참외며 오이를 우물 속에 담가놓기도 했다.

초등학교 입학을 하고 얼마 안 되어 새집을 짓고 이사하는 바람에 그 집도 우물과도 이별하고 말았지만 육십여 년이나 지나버린 지금인데 왜 새삼스럽게 그 우물이 생각나는지 모르겠다. 추운 겨울에는 길어 올린 물에서 모락모락 김이 오르고 거기 손을 넣으면 따스하던 물, 한여름이면 손이 시리도록 차갑던 물, 지금 생각하면 어렸을 때인데도 선연히 느껴지던 그 물맛에 신기할 만큼 입맛이 다셔진다.

모든 것이 현대화되고 문명화되어 편리함의 극치에 이른 오늘이지만 이렇게 내 기억의 가슴에 콸콸 솟아나는 샘물 하나가 살아있다는 것은 얼마나 다행한 일인가. 자연적인 것, 그냥 자연으로부터 제공받는 것의 아름다움과 경이로움은 각박한 현대를 살아가는 내 가슴에 변하지 않는 소중한 물맛으로 살아있는 것 같다.

어느 해였던가. 그 우물과 살았던 집이 궁금하여 남도여행길에 부러 아내와 그곳을 찾았었다. 우물터쯤으로 기억되는 곳도 콩밭이 되어 흔적조차 찾아보기 어려웠고 집도 안채만 하나 덩그마니 남아 있었지만 그나마 사람이 살고 있지 않은 폐가가 되어 있었다. 집 뒤꼍에 우람하게 자리하고 있던 감나무는 어찌 그리 작아져 있는지 안타까웠고 사방이 온통 콩잎으로만 무성한 것을 보며 못 볼 것을 본 것처럼 서둘러 발길을 돌렸었는데 지금쯤엔 또 무엇이 어떻게 변했을지 궁금하기만 하다. 그런데 근래 나는 꿈속에서 그 우물을 두 번이나 만났다. 한번은 콩밭이 되어버린 그곳에서 숨이 막힌다며 참았던 숨을 분수처럼 물줄기로 쏘아 올리는 꿈이었다. 또 한번은 그 우물을 찾아갔는데 우물이 있던 자리로부터 작은 실개천이 생겨나 있었다.

그리고 보면 내가 새삼스럽게 라고는 했지만 아니었을 수 있다. 내 안 깊은 곳에서는 샘의 물줄이 잦아들지 않고 여전히 살아있었다는 말이다. 60여 년 내내 한결같이 가슴속에 살아있는 샘물인 것이다. 그러다가 오늘 이렇게 더는 참을 수 없다는 듯 오랜 기억의 문을 연 것 같다. 너무나도 답답하고 막막하기만 한 요즘 사는 것에 대한 뜨거운 갈망이요 소망이 기억의 우물물을 다시 솟구치게 했을 수 있다.

사실 살다 보면 그리운 것도 있고 잊고 싶은 것도 있지만 어린 날의 기억만은 기쁜 일이건 슬픈 일이건 다 따뜻하고 아름다운 추억이 되는 것 같다. 그 많은 기억할 것들 속에서 그 우물이 내게 소중한 기억으로 살아있었던 것은 필시 내 삶 속에서 그 우물이 알게 모르게 큰 힘이 되어주었음이다. 그리고 마르거나 잦아들어 버리지 않을 언제까지나 살아있는 우물로 내가 함께하고 싶었던 것 같다.

향나무가 있던 우물, 봄이면 개나리가 제 세상인 듯 피어나던 그 우물에서 다시 두레박으로 물을 퍼 물맛을 보고 싶다. 아니 지금쯤엔 나도 이모처럼 한 방울도 물을 흘리지 않는 두레박질을 할 수 있을 것 같은데 그 시절로 한 번만 다시 돌아가 그걸 해보고 싶다. 우물도 그런 날을 그리며 기다리고 있을 것만 같다. 하지만 그렇지 못하면 또 어떠랴. 이렇게 내 가슴 깊이에서 언제까지고 퐁퐁 따뜻 시원하게 품어내는 내 안의 우물로 살아있지 않는가. 보기 싫은 것 듣기 싫은 것이 너무 많은 요즘 같은 때이니 차라리 그렇게 깊이깊이 없는 듯 남아 있는 것이 오히려 더 낫지 않을까 싶기도 하다. 어쩌면 나만의 우물로 오래오래 그렇게 꼭꼭 숨겨두고 싶은 욕심인지도 모르겠다. 《한국산문》, 2017. 4월호

눈이 부시게

종소리

"대앵, 대애애앵" 종소리는 신기하게도 십 리가 넘을 우리 집까지도 들려왔다. 교회와 우리 집이 모두 조금 높은 곳에 위치했다 하더라도 우리 집까지 오는 데는 동산도 두 개나 있건만 수요일 저녁만 되면 종소리는 어김없이 우리 집에까지 들려왔다. 할머니는 먼 어두운 밤길은 다녀올 수 없기에 종소리를 들으면 하던 일을 멈추고 기도를 하시곤 했다. 그렇게 중학교 3년간을 들었던 종소리다.

막내이모가 돌아가셨다는 전화를 받은 것이 화요일 저녁이었다. 어머니 대신 나를 업어 키워 주신 분이다. 몇 년 전부터 치매가 와서 요양병원에 계셨는데 돌아가신 것이다. 얼마 전 찾아뵀을 때만 해도 이리 빨리 돌아가실 것 같진 않았었다.

하지만 기름기가 다 빠져나가 버린 뼈와 가죽만 남은 가느다란 몸매와 얼굴은 돌아가신 외할머니가 앉아있는 것이라 할 정도로 똑같아 나를 놀라게 했다. 나이가 들면 부모 모습이 된다더니 이모의 모습은 아무리 모녀간이라도 저렇게 똑같아질 수 있을까 싶게 닮았다. 할머니도 치매로 고생하다 가셨다. 할머니가 여든일곱에 가셨는데 이모는 일흔여덟에 가시니 9년이나 빨리 가신 셈이다.

새벽 첫차로 이모님이 계시는 광주로 내려갔다. 성공한 세 아들의 문상객들이 줄을 잇고 있었다. 빈소에서 이모님과 마주했다. 10여 년 전에 찍었다는 소라색 한복 저고리를 곱게 입은 영정사진 속에서 이모는 환하게 웃고 있었다. "원현이 왔냐? 오느라 고생했다." 사진 속에서 이모는 그렇게 인사를 해왔다. 지난번 병원으로 찾아뵈었을 때는 전혀 알아보지 못하고 "어디서 오셨소? 누구시요?" 하던 이모였는데 오늘은 반갑게 알은체하며 맞아주고 있다.

순간 어린 날 들었던 교회당 종소리가 들려왔다. 깜짝 놀라 주위를 둘러봤다. 하나 종소리가 들려올 만한 곳은 없었다. 그런데 이모가 "요새도 교회 잘 댕기냐?" 하시는 게 아닌가. "할머니가 세상 천지에 네 의지 될 만헌 것이 하나도 없다면서 교회로 너를 데꾸 갔단다." 이모는 웃는 얼굴 채로 조곤조곤 할머니 얘기를 했다. 그러고 보니 곱게 차려입은 모습도 외할머니 모습이다. 참 정갈하신 분이었다. 십 리 황톳길을 하얀 버선에 하얀 고무신을 신고 장에 다녀오셔도 어찌 걸음을 하셨는지 버선에 흙 한 점 튀지 않았고 결코 버선코를 넘어선 흙도 없었다. 사람들은 그런 할머니를 신기해했다. 그러나 세월에 장사는 없다더니 연세 들어가며 자신이 누군지도 잃어버렸다. 그 길이 뭐가 그리 좋다고 이모가 또 그 길까지 따라 걸었다. 해서일까. 내 어린 날 들었던 종소리로 나를 일깨우고 있는 것이다.

하필 누구도 대신할 수 없는 일로 장례 마지막까지 보지 못하고 발걸음을 옮기는 내 등 뒤로 "괜찮다. 봤으니 되얐다. 잘 살어라." 이모의 목소리가 종소리처럼 들려왔다.

왜 종소리였을까. 아마 이모도 나도 멀리 떨어져 살았기에 멀리 퍼지는 종소리처럼 여운을 붙잡고 살았다 함일까. 그렇다고 누가 그 그리움의 끈을 흔들어 종을 쳐줄 것인가. 그래도 종소리의 긴 여운은 내 남은 삶 내내 사라지지 않을 것 같다.

"잘 사냐?" "잘 살어라." 할머니와 이모 두 분 모두의 한결같은 물음이고 순하디순한 그분들만의 나에 대한 축복이고 소원이었다. 나는 두 분의 목소리 여운을 내 가슴에도 울리고 있는 종소리로 들으며 두 분 바람의 의미 담긴 잘 사는 일을 남은 내 삶 동안 꼭 지켜가야 한다. 그런데 그분들이 말씀하신 잘 사는 것은 어떤 것일까.

할머니는 평생 나만을 바라보며 사셨다. 참판 댁 장손녀로 태어나 어린 날에는 온갖 부러움 다 받으며 사셨지만 바람처럼 나다니시는 할아버지 만나 결혼 후에는 어렵게 어렵게만 사셨다. 거기다 딸만 셋을 두신 것도 큰 서러움이셨을 텐데 큰딸 내외에 둘째 셋째 사위를 다 먼저 보내셨으니 그 참담한 가슴을 무엇으로 다독일 수 있었겠는가. 그런 큰딸이 홀로 남긴 세 살짜리의 유일한 피붙이인 나를 보는 할머니의 눈시울은 한시도 마를 날이 없었을 것이다. 조금만 더 철이 드는 걸 보고 죽었으면 좋겠다고 노래처럼 말씀하셨던 그 걱정 속 할머니의 성화로 일찍 결혼을 했던 나는 다행히 남매를 두게 되었고 딸과 아들은 내게 다섯이나 되는 손주를 안겨 주었다. 그 딸아이의 큰애가 초등학교에 입학하는 것까지도 보고 가셨으니 당신의 모든 염려는 기우杞憂가 되었다.

할아버지는 내 결혼식 날 돌아가셨다. 결혼식을 막 마쳤는데 돌아가셨다는 부음訃音의 전보를 받았다. 신혼여행 대신 상주가 되어 5일간 할아버지의 마지막 여행길에 함께했다. 멋쟁이셨던 할아버지, 그러나 당신의 꿈을 제대로 펼쳐보지 못하고 암울한 시대에 가장 평범한 삶으로 살다 가신 분이셨다. 내게는 참으로 엄하셨다. 행동거지 하나, 사람의 도리 하나하나 어린 가슴에 못이 박히도록 심어주셨다. 그러고 보면 할아버지와 할머니는 지금까지도 내 삶의 방향을 인도하고 계시는 게 분명하다.

할머니나 할아버지 그리고 이모의 내게 대한 바람은 오직 '잘 살어라'였다. 그 '잘'과 '살어라'의 의미를 아직까지도 제대로 다 이해하지 못하지만 언제나 은은한 종소리처럼 긴 여운으로 내 가슴속을 울리고 있는 말씀이다.

이모는 내 어머니에 대한 마지막 끈이었다. 그 끈도 이젠 끊긴 것이다. 그러고 보면 이젠 그때의 교회당 종소리도 요즘엔 들을 수 없다. 그냥 시간 되면 교회도 알아서 가고 오라고 하지 않아도 갈 줄 안다. 그러나 오라거나 그렇지 않거나 관계없이 종소리가 울리면 그 종소리의 의미를 생각했었고 한 번쯤 마음도 가다듬었던 옛날의 그 종소리, 이모님은 마지막 가시는 길에서까지도 내게 그 종소리를 상기시키셨는데 사실 이모님이 내게 들리던 마지막 종소리였을 것 같다. 그 종소리마저 끊긴 지금 이제는 그 종소리의 여운으로나 살아야 할까.

소라색 한복 저고리를 입고 고운 미소로 나를 보던 이모님, 수요일 저녁이면 들려오던 종소리에 손 모으고 나를 위해 기도하시던 할머니, 행동거지 하나하나 조심하라며 가르침 주시던 할아버지, 지금 생각하면 그 모든 게 다 나를 바로 세워주던 종소리였다. 그런데 긴 여운으로 들려오던 그 종소리조차 이젠 자꾸만 놓치는 것 같다. 그런 나는 누구에게 얼마큼의 어떤 종소리가 되고 있을까.

《수필과비평》, 2015.10월호

고자바리

할머니는 늘 왼손을 뒤 허리춤에 댄 채 오른손만 저으며 걷곤 하셨다. 그게 언제부터였는지는 모르겠다. 다만 기억나는 것은 앉았다 일어나려면 '아고고고' 하시며 허리가 아픈 증상을 아주 많이 호소하셨다. 길을 가다가도 한참씩 걸음을 멈추고 허리를 펴며 받치고 있던 왼손으로 허리를 툭툭 치다가 다시 가곤 하셨다. 그런 할머니의 허리가 언제부턴가 조금씩 더 구부러지고 있다는 사실을 알게 되면서 그걸 바라보는 어린 내 마음은 더욱 편치 않았다.

할아버지는 하얀 수염으로 늙음이 나타났지만 할머니는 그렇게 허리가 굽어지는 걸로 나타났다. 기역처럼 거의 직각으로 굽어진 허리를 똑바로 보는 것만으로도 괜히 서글퍼지고 안타깝고 민망했다.

오랜만에 뒷산엘 올랐다. 그새 나무계단이 하나 더 생겼고 오르는 사람도 더 많아진 것 같다. 한데 길목에 뿌리가 다 드러난 나무 한 그루가 위태롭게 버티고 있다. 사람들의 발걸음으로 길이 되어

버린 곳에서 덩그마니 뿌리를 다 드러낸 채 서 있는 나무가 할머니의 굽어버린 등을 보는 것처럼 안쓰럽다.

이미 몸통이 잘려나가 버린 길옆 다른 그루터기들을 보며 이 나무도 얼마 못 가 저렇게 잘려지는 신세가 되는 것 아닌가 생각이 들어선지 서 있는 모습조차 떨고 있는 것 같아 보인다. 그런데 길옆 말라버린 그루터기 하나가 눈을 사로잡았다. 언제부터 거기 있었는지 모를, 하얗게 곰팡이가 피어난 오래된 그 그루터기가 내게 한마디를 던졌다. '다들 이리 되어가는 거여.'

조심스레 둥그런 모양을 따라 그루터기를 만져보았다. 곰팡이인 줄 알았던 것은 이름 모를 작은 버섯들이었다. 그루터기는 이미 생명의 기운을 모두 잃고 있었는데도 그런 곳에서 버섯이 돋아났었고 이젠 그 버섯마저 말라버리고 만 것이다. 눈으로 보기에는 아직 단단해 보인다. 일어나 발로 툭 차봤다. 한데 힘을 받은 한쪽이 맥없이 깨져나간다. 오랜 세월에 삭아버린 것이다. 마른 버섯도 건들자마자 부서져버린다.

어린 날 시골에서 산으로 나무를 하러 가면 작은 삭정이 그루터기가 제일 반가웠다. 보이는 대로 발로 차서 부러뜨리거나 뽑아내어 땔나무로 모았다. 불담이 좋기로는 그만한 땔감이 없었기 때문이다. 날씨가 추울 때는 말라있는 오래된 큰 그루터기를 찾아내어 발로 차거나 돌로 때려 조각을 떼어냈다. 그걸 모아다 놓고 불을 피우면 불담 좋은 작은 모닥불이 되었다. 뿌리가 살아있는 동안엔 그루터기도 마르거나 썩지 않는다. 그러나 위부터건 아래로부터건 생명의 기운이 떠나기 시작하여 시간이 흐르면 이내 마르거나 썩고 만다. 그렇게 된 것을 고자바리라고도 하고 고자방치라고도 했다.

할머니는 허리가 굽어가면서 점점 운신의 폭이 좁아졌다. 무엇을 들어 올리는 것도 옮기는 것도 쉽지 않았다. 그럼에도 가끔 밭에는 나가셨다. 어느 날 밭에 가신 할머니를 마중하러 나갔더니 길가 나무 그루터기에 앉아 쉬고 계셨다. 오가는 사람들이 불편하다고 오래전에 베어버려 말라버린 참나무 그루터기였다.

그러고 보니 할머니는 이렇게 밭에 오가는 길에 이 그루터기에 앉아 쉬곤 하셨던가 보다. 할머니에겐 몸통 없는 이 그루터기가 살아있을 때보다도 더 요긴하게 쓰이는 것 같았다. 그날 이후 할머니의 마중 길은 거기까지였다. 할머니를 마중 나가면 꼭 그곳에서 쉬고 계셨다. 그냥 쉬신다는 것이 거기쯤이 되었는지, 내가 오기를 그곳에서 기다리고 계셨는지는 알 수 없다. 그런데 어스름 속에 앉아 있는 할머니와 그루터기가 하나였다. 그루터기에 앉으신 것이라기보단 그루터기에 합체되었다. 그렇게 보였다. 그래선지 더없이 편안해 보였다.

그러고 보니 할머니는 내 그루터기였다. 나는 언제든 할머니의 그늘이건 이런 앉음 자리이건 내가 원할 때면 어느 때든지 거기 앉거나 의지하곤 했다. 그런 할머니가 내가 의지할 수도 없이 고자바리가 되어간다고 생각이 들자 어린 마음에도 눈물을 참을 수 없었다. 저렇게 얼마만 지나면 내가 미칠 수 없는 곳으로 가실 수밖에 없을 것이다. 그런 안타까운 생각에 할머니께 다가가지도 못하고 서성이다 애꿎은 돌멩이만 걷어찼는데 그런 내 인기척을 눈치채셨나 보다. "원현이냐?" 나는 내친김에 큰 소리로 "할머니!" 하고 불렀다.

할머니가 가신 지도 20년이 넘었다. 가신 후에도 할머니란 그루터기에 수없이 앉고 기대곤 했던 세월이다. 그런 내가 이만큼에서 그때의 할머니를 닮아간다. 할머니가 앉아 쉬시던 길가의 나무 그루터기처럼 나 또한 내 아이들의 앉음 터가 되었고, 허리는 굽지 않았지만 다리에 힘이 빠져 먼 거리를 걷는 것도 힘들다. 보기에는 멀쩡했던 그루터기를 발로 툭 치자 힘없이 부서지던 것처럼 나 또한 그리 되어가고 있는 것은 아닌지 그 무엇도 세월을 비켜 가진 못하나 보다. 그게 자연현상이요 순리일 것이다. 고자바리는 그런 자연 순리의 모습을 가장 잘 보여줄 뿐이다.

내려오는 길에 아까 보았던 그 고자바리에 눈길을 준다. 뿌리가 드러난 나무도 본다. 잘려진 나무의 그루터기도 본다. 고자바리에 다가가 발로 툭툭 흙을 차 덮어준다. 이들 또한 흙에서 나서 흙으로 돌아감 아닌가. 삶과 죽음은 모든 살아있는 것들에 공정하게 적용된다. 소멸되는 것이 아니라 돌아가는 것이다, 그냥 이름 없이. 그런데 사람은 그것조차 자연스럽지 못한 것 같다. 아마 이름값 때문일까. 나무의 그루터기처럼 사람은 이름을 남긴다. 그러나 사람의 이름은 고자바리처럼 그냥 자연으로 돌아가진 못한다. 살아온 가치만큼 값이 매겨지고 평가도 된다. 그러나 사후의 그런 평가는 좋게만 되는 것은 아니다.

저만치서 할머니가 허리춤에 손을 받치고 걸어와 늘 쉬어가던 그루터기에 앉으신다. 어스름에 묻혀가는 할머니의 모습, 한참 보고 있자니 할머니는 없고 그루터기만이다. 아니다. 할머니가 아니고 나였다. 나도 그렇게 고자바리를 향하여 가고 있는 거였다. 누군가가 앉아 쉴 내 인생의 그루터기 고자바리로. 나뭇잎 두 잎이 팔랑팔랑 나비처럼 팔랑이다 그가 태어난 나무의 뿌리 위 땅으로 살그머니 내려앉는다. 비로소 그도 편안해 보인다.

* 고자바리 : 고자방치. 나무 밑둥치만 남아서 썩은 그루터기로 전라도 방언
  (땔감으로 사용)

《수필과비평》, 2016. 12월호

눈이 부시게

어떤 이별

천리향도 떠나보냈다. 다행히 꽃을 좋아하는 문우에게로 갔으니 그나마 마음이 놓인다. 겨울의 끝 차가움 속에서도 우리 집에 제일 먼저 하얀 꽃으로 봄소식을 알려왔었다. 그래서 사랑하던 꽃이다. 화려하게 예쁘진 않지만 향기가 멀리까지 간다 하여 천리향이라는데 5년이나 같이 산 것을 떠나보내게 된 것이다. 그런 천리향까지 보냈으니 작은 집으로 옮긴다며 내 체취 묻은 다른 것들은 또 얼마나 많이 떠나보냈겠는가. 마음이 찢기듯 아프다. 슬프다기보다 고통이다. 내가 사랑할 가족은 철들기 전에 잃어버렸었다. 잃는 아픔도 모를 때였다. 그런데 이제는 떠나보내는 아픔을 이리 많이 겪고 있다.

책장 앞에 선다. 정말 미안하다. 이렇게 너희들을 보낼 수밖에 없는 가슴이 이리 아픈 것을 보면 그 사이 더 정이 들었나 보다.

인연이란 우연처럼 자연스레 다가오는 거라고들 하지만 너와의 인연은 내가 만들었지 싶다. 헌책방 구석 바닥에서 먼지를 뒤집어

쓰고 있던 너를 만났었지. 오랜 세월의 냄새가 물씬 풍기는 너를 보는 순간 반가운 마음에 소리라도 지르고 싶을 만큼 기쁘고 가슴이 마구 뛰었다. 그걸 누르고 내색을 않은 채 먼지를 털어 별로 필요치도 않은 다른 책 몇 권과 함께 계산을 하고 집으로 데려왔었다.

너무 낡아 책장을 넘기는 것조차 조심스러웠지만 난 그런 너를 만난 것만으로도 너무나 기뻤고 기분이 좋았다. 오래된 책을 갖고 싶다는 소망이 이뤄진 순간이었다. 그로부터 너는 나와 이십오 년을 같이 살았다. 하지만 내게 너는 너무 높은 존재였고 해서 네 지식의 깊이를 헤아릴 수 없었다. 그래도 넌 내게 소중한 존재였다. 하긴 내 책장엔 너 같은 친구도 몇 된다. 거기에 필요해서 구입하는 책과 매달 보내져 오는 문학지며 필자 증정본이 얼마나 많은가. 그렇게 네가 있는 집엔 쉼 없이 책들이 늘어났고 자연 오래된 책들은 뒤로 밀려나게 되었다. 그 사이 세월의 흔적으로 펼쳐볼 수도 없게 낡고 해쳐버린 것도 생겼다.

어느덧 나의 글쓰기도 30여 년에 이른다. 그동안 수많은 책들과 만나고 사랑을 했다. 행복했다. 그런데 어느 날부터 사랑하는 것도 욕심이란 생각이 들었다. 그렇다고 사랑이 변하거나 식은 건 아니다. 하지만 가장 환경의 지배를 많이 받는 것도 인간인가 보다.

25년을 살던 집이 헐리게 되니 이사를 하게 되고 그로 인해 수많은 책들과 헤어질 수밖에 없게 되었다. 그냥 버리면 바로 생명이 끝나버릴 수 있다고 생각되어 군이 헌책방을 수소문해 보내주기도 했지만, 내게는 소중한 것이 다른 눈엔 그렇지 않은지 거부당하기도 했다. 그때 헤어진 친구도 천 권이 넘는다.

헐린 집이 5년 만에야 완성되어 엊그제 다시 들어왔는데 그 과정에서도 천여 권의 책들과 또 헤어졌다. 그런데 그런 아픈 가슴으로 안고 품고 왔던 책들을 책장에 꽂다 보니 공간이 또 모자란다. 사흘을 그들과 어떻게든 함께 살아볼 양으로 온갖 궁리를 다 해보았다. 하지만 내 그런 노력에도 현실은 그걸 받아들일 수 없다며 냉정하게 외면한다.

해서 난 지금 내 일생에서 대단히 힘들고 어려운 결정을 하고 있다. 내 책장의 한도가 3천 권이니 남길 것만 선별하는 것이다. 너무나 가슴이 아프다. 나는 지금 어지럽게 놓인 책들 한가운데 참담한 마음으로 멍청하게 앉아 있다. 눈에 보이는 책들에서 함께 있고 싶다고, 제발 보내지만 말아달라고, 애원도 못 하고 눈물만 그렁한 채 나를 쳐다보는 눈빛을 피하느라 애를 먹고 있다. 그래도 그들을 구제할 방법이 없다.

결론은 친필 사인을 하여 보내온 책들은 무조건 남겨둔다. 둘째 비교적 자주 보는 책들은 남긴다. 셋째 문학잡지는 내 글이 실려 있는 것만 남겨 둔다. 그러나 그 작업이라고 또 어디 쉽겠는가. 한 권, 한 권 목차를 펼쳐 내 이름의 글을 찾아보며 남길 것인가 버릴 것인가를 결정하는 일은 더디고 어려울 수밖에 없다. 더구나 생사여탈권生死與奪權을 쥔 내 손이 오른쪽으로냐 왼쪽으로냐에 따라 운명이

갈리는 저들에겐 참으로 못 할 짓을 하고 있다는 생각마저 든다.

하지만 저들의 이 길 또한 운명인 것 같다. 해서 이쯤에서 마지막 인사를 해야겠다. 너무 서운해 말았으면 싶다. 이곳에 남는 친구들도 머잖아 그대들 뒤를 따를 것이고 그대들을 보내는 나 또한 시간이 가면 빈손으로 떠날 것이다. 그러고 보면 오히려 아파하고 안타까워하며 보내는 내가 있을 때 가는 그대들이 그나마 덜 외롭고 오히려 행복한 이별이 되지 않겠나 싶다.

고맙다. 그대들로 하여 행복했다. 그대들로부터 받은 사랑을 결코 잊지 않겠다. 이제 자네들은 내가 맛보았던 그런 설렘과 감격 속에 헌책방에서 새 주인을 만나기도 할 것이고, 더러는 재활용이란 이름의 또 다른 모습으로 태어날 것이다. 사람은 한 번 가면 끝이지만 자네들은 이렇게 헤어진 나와도 다시 만날 수 있으리라는 또 다른 인연의 희망도 가져본다.

그간의 사랑에 감사한다. 그리고 더 오래 아니 나의 마지막까지 함께하지 못해 정말 미안하다. 그대들을 보내는 안타까움과 슬픔은 내게 아름답고 행복한 추억의 상처로 향기로운 흔적이 되어 남을 거다. 사랑했다. 고마웠다.

향긋 꽃냄새가 봄 향기로 스며든다. 문우가 가져간 천리향의 향기일까. 아니다. 내 책들에 묻어있던, 떠나간 그들이 이별을 아쉬워하며 남기고 간 체취인 것 같다. 《에세이21》, 2013. 여름호

눈이 부시게

제2부

감자꽃 향기

내 향기 내기

엘리베이터 안에 은은한 향기가 감돌고 있다. 무슨 향인지는 잘 모르겠으나 싫지 않은 냄새, 내 앞서 누군가 엘리베이터를 이용한 흔적일 것 같다.

나는 향수를 별로 좋아하지 않는다. 강렬한 향은 더욱 그렇다. 화장품도 향이 짙은 것보다 있는 듯 없는 듯 수수한 것을 선호한다. 사실 냄새란 무엇이건 그 자체만으로도 나기 마련이다. 미미한 것은 미미한 대로, 짙은 것은 짙은 대로 사람에게 영향을 미친다. 스치기만 해도 느껴지는가 하면 저만치 멀리 떨어져 있는데도 그만의 냄새가 맡아지기도 한다.

내 앞의 사람은 싫지 않은 향기를 내게 전해주고 갔는데 나는 어떨까. 혹여 좋지 않은 나만의 냄새가 다음 사람의 기분을 상하게 하지는 않았을까. 새삼 내 앞서간 그가 고맙다. 내게 좋은 향기로움을 주고 갔으니 말이다.

감자꽃 향기

사람은 그렇게 어디에 있든 어디로 가건 자기의 냄새를 풍기고 다님을 어쩌랴. 산다는 것도 결국 내 냄새를 피우는 행위가 아닐까. 그렇다면 더더욱 누구에게나 향기로운 냄새여야 되지 않을까. 사람의 향기란 그가 어떤 삶을 살아왔는가의 냄새일 것이다. 그래서 살아가면서도 내 삶의 향기가 어떨까를 확인해 보는 지혜가 필요하리라. 내게는 좋더라도 남에게는 나쁠 수도 있을 것 아닌가.

나는 향수에 대해서 잘 모른다. 그런데 향수 중에 가장 향기로운 원액은 발칸산맥에서 피어나는 장미에서 추출한다고 한다. 그것도 어두운, 자정에서 새벽 2시 사이에 딴다는데 그때에 가장 향기로운 향을 뿜어내기 때문이란다.

자정에서 새벽 사이, 사방이 조용한 그 캄캄한 밤에 최상의 향기를 뿜어내는 장미를 상상해 보라. 짙은 어둠조차 장미향에 젖을 것 같다. 그렇고 보면 사람도 마찬가지일 것 같은데 그러면 사람에게 있어서 깊은 밤은 언제일까. 아픔과 슬픔을 겪는 어둠 곧 고통의 시간대가 아닐까. 사랑의 진실함도 그런 극한의 어려운 상황에서 나타날 것 같다. 그 진실함이야말로 그의 향기리라. 그런 고통과 슬픔, 진주를 아물리는 아픔 속에서 작은 이룸을, 보람을 그리고 이해와 용서와 사랑을 쌓고 맺혀갈 것이기 때문이다. 아름다운 인생의 향기도 가장 극심한 고통 중의 절망 같은 칠흑의 어둠 속에서 만들어질 것 같다.

얼마 전 아내와 나들이를 했었다. 숙소가 가족호텔이었는데 늦은 시간에 갔더니 얼마나 어둠이 짙던지 늘 환한 서울 길에 익숙해 있던 터라 좀처럼 적응이 되지 않았다. 어렵게 도착하여 여장을 풀고 바깥을 내다보았다. 그야말로 아무것도 보이지 않았다. 그런데 하늘을 보니 별 몇 개가 그 어둠 속에 동동 떠 있었다. 얼마나 초롱초롱한지 그리고 너무도 가까이 떠 있는 별을 보며 나도 모르게 밖으로 이끌려 나갔다. 가로등도 없는 반대쪽은 분명 산일 터였다. 그러나 산도 소리만 있는 물도 그저 까만 어둠의 보자기에 푹 싸여 있었다. 거기 숨 막혀 참을 수 없다는 듯 별 몇이 그 보자기를 뚫고 고개를 내민 것이었다.

어둠 속에서 빛나는 별, 그 별에선 별 냄새가 났다. 어린 날 다리미질을 하시는 할머니를 도와 다리미질감을 팽팽하게 당기고 있을 때 쉬익 왔다 가던 숯불 손다리미의 열기, 그런 열기와 숯불 냄새였다.

사람에게 있어서 향기와 빛은 다 같이 사람을 사람이게 하는 것들이다. 향기는 향기대로, 빛은 빛대로 그가 살아온 빛과 냄새를 풍기게 되고 그가 살아온 모습을 나타내게 한다. 나이가 조금씩 더 들어가면서 느껴지는 것도 바로 그런 향기와 빛에 대한 부담이다. 말하자면 나에 대한 책임감이다. 젊을 때는 내가 어찌했건 또 어찌하건 크게 염려하거나 두려워하지 않았다. 그런데 나이가 들어가면서 그게 두려움이 된다. 내 지나온 걸음, 내가 찍고 온 발자국들에 대한 책임이 자꾸만 뒤를 돌아보게 한다. 남들은 다 똑바르고 일정한 간격인 것 같은데 유독 내 발자국만 삐뚤거리고 간격도 들쑥날쑥하다면 남들이 보면서 뭐라 할까. 나는 휙 스치고 지나와 버렸지만 그렇게 지나가 버린 나를 두고도 남겨진 냄새를 통해 또 뭐라 할 것인가. 괜시리 심란해진다. 그래서 점점 자신을 잃어간다고 하나 보다.

아직은 봄이다. 한 해의 첫 계절에 갖는 생각은 무엇보다 아까운 시간 낭비하지 않도록 해야겠다는 생각이다. 그것은 무작정 시간을 아낀다는 것보단 꼭 해야 할 일을 우선적으로 하고 하지 않아도 될 일은 과감히 버릴 줄도 아는 분별력을 갖자는 뜻이기도 하다. 있어야 할 곳에는 분명히 가 있고, 없어야 할 곳에선 보이지 않는 그런 행보 속에서 내 냄새 내 빛깔을 남기며 보여주고 싶은 것이다.

시간은 흐름이다. 흐름에도 마디가 있다. 그냥 흘러가는 것 같은 물도 가만히 보고 있으면 주춤거리기도 하고 빨라지기도 한다. 그 때마다 매듭이고 마디가 생긴다. 어쩌면 흐르는 것들도 잠깐씩 흐름을 멈추고 자신을 되돌아보려 하는지 모른다. 지나간 것 흘러간 것은 그리움이 되고 아쉬움이 된다. 그렇기에 또 가슴 설레는 시작을 준비할 수 있는 것일 게다.

오늘 하루도 한 번 가면 다시는 돌아올 수 없는 날이 아닌가. 그렇기에 아직 지나지 않은 시간에 대해 보다 신중해야 하리라. 이제 곧 여름이 될 것이다. 후회 없는 삶, 보다 아름다운 삶, 향기 나는 삶을 위해 나보다 어려운 이들에게 마음도 열고, 이 나라와 민족을 위해 잠깐씩이라도 고민도 하고, 지금의 내가 있도록 알게 모르게 도움을 주신 분들에게 감사도 하는 그런 여유도 챙겼으면 싶다. 어쩌면 지금 이 순간에도 춥고 배고프고 어렵게 살면서도 희망을 품고 열심히 살고 있는 이들 덕에 이나마 나도 희망을 챙기게 된 것은 아닐까.

겨울을 이길 수 있는 힘은 봄이 곧 온다는 희망이었다. 그 희망으로 살아가는 시간 속에서 쉼표 하나씩을 찍어 숨 돌리기를 해가며 지나온 삶과 살아갈 삶을 좀 더 심각하게 생각해 보면 어떨까. 시간의 마디, 시간의 매듭에 얹혀 멈칫하는 사이 내 머무름만큼 스침만큼 남을 내 냄새, 내 빛이 어떤 것일지를 생각해 보며 살아가는 삶이어야 한다는 철 늦은 깨달음이다.

언제였던가. 광화문의 큰 건물에 걸려있던 글이 생각난다. '삶이란 나 아닌 그 누구에게 기꺼이 연탄 한 장이 되는 것', 그렇다. 그런 삶일 때 내 향기, 내 빛은 내게는 보람으로, 내 뒤에 오는 이들에겐 희망이요 삶의 나침반이 될 것이다. 그렇게 나는 오늘도 내 삶의 향기로운 계절을 준비하고 기다린다. 《인간과문학》, 2015. 여름호

감자꽃 향기

감자꽃 향기

"할무니, 왜 이쁜 감자꽃을 다 따분당께라우?"

"꽃을 따내줘야 밑이 쑥쑥 든다고 안 그러냐?"

초등학교 4학년 때쯤이었을까. 할머니를 따라 밭엘 나갔다. 할머니는 밭을 한 바퀴 휘 둘러보시더니 감자밭으로 가 감자꽃을 따기 시작했다. 꽃은 꽃이고 밑은 밑일 텐데 어린 나는 잘 이해가 되지 않았다. 그런데 "니 어미가 감자꽃을 참 이뻐했느니라." 하시더니 눈물을 훔쳐내셨다. 엄마가? 순간 흐린 기억으로 어머니가 감자꽃을 바라보고 있는 모습이 보였다. "마당가 화단에 부러 감자를 심었단다." 감자를 수확하기 위해서가 아니라 순전히 감자꽃을 보기 위해 심었다는 말로 들렸다.

어머니는 내 나이 세 살, 서른도 안 된 젊은 나이로 돌아가셨다. 결핵이었다. 형도 결핵으로 세상을 떠났단다. 어머니는 나를 당신 근처엔 얼씬도 못 하게 했단다. 하나 있는 핏줄인데 얼마나 안아보고 싶었으련만 그걸 막아야 하는 마음은 오죽했겠는가. 하지만 이미 한 자식을 당신이 앓고 있는 병으로 잃어버린 입장이니 눈앞의 자식을 바라보면서도 살을 깎는 아픔으로 그걸 참아냈을 것이다.

하얀 감자꽃을 좋아하셨다는 어머니는 하얀 옷을 즐겨 입으셨단다. 어머니는 당신이 감자꽃이란 생각을 했던 것일까. 그리고 보면 감자꽃에서 어머니 모습만이 아니라 어머니 냄새까지 느껴지는 것 같기도 하다. 아니 어머니의 모습을 제대로 기억하지 못하는 나로서는 그렇게 생각이 들었다. 예쁘진 않지만 함초롬히 무리 지어 큰 송이처럼 피어나면서도 개체로 외로워 보이는 꽃, 가만히 들여다보고 있으면 꽃의 화려함이 아니라 소박한 아름다움에 왠지 슬픔의 냄새가 풍겨나는 감자꽃은 오히려 빈약해 보이는 것이 어울리는 것 같았다. 감자꽃은 자신을 아름다움으로 피워 올리기보단 저 아래 땅속 열매가 튼실해지기만을 바라며 그곳으로 모든 것을 보낸다.

나는 어머니 모습만큼 냄새도 기억 못 한다. 외할머니와 이모의 품에서 자란 내게 어머니의 냄새는 할머니의 냄새고 이모의 냄새였다. 한데 문득 어머니의 냄새는 감자꽃 향기가 아닐까 하는 생뚱맞은 생각이 들었다. 감자꽃 향기, 내 어머니의 냄새.

감자는 뿌리식물이라기보다 줄기식물이라고 한다. 땅속의 줄기가 뿌리 열매인 감자가 된단다. 자신의 몸을 땅속 깊이 묻어 땅속 열매로 키우는 사랑, 그렇기에 꽃에서 받아 써야 할 양분도 가급적 억제하고 땅속으로 보내다 보니 피어난 꽃조차 여리고 힘이 없어 보인 것 같다. 영양이 될 만한 건 모두 다 땅속 자식들에게 양보하고 자신은 노랗게 말라가는 하얀 감자꽃, 내 어머니의 삶도 그런 감자꽃이었다.

할머니를 따라 나도 감자꽃을 땄다. 똑똑 목을 부러뜨려 따다가 손에 든 감자꽃을 코끝에 대보았다. 풋내 같기도 한 연한 라일락 향기가 났다. 할머니의 앞치마에 손에 든 걸 버리고 다시 할머니를 따라 꽃을 땄다. 그런데 다시 꽃을 따려는데 감자꽃의 목이 부르르 떠는 것 같다. 순간 내 몸에 오싹 소름이 돋았다. 아무 말도 못 하고 목숨을 빼앗기는 참담이 어린 나를 통해 저질러지고 있었던 것이다. 해서 "할무니, 이 꽃 안 따면 안 돼?" 했더니 "따줘야 밑이 잘 든다잖냐?" 하신다. 난 꽃따기를 그만두었다. 꽃이 불쌍했다. 아니 내가 무서워졌다. 손에 쥔 꽃들의 목에서 퍼런 피가 흘러나와 끈적대고 있었다. 퍼런 감자꽃의 풋내 같은 피 냄새가 코끝으로 스며들어 왔다. 엄마의 냄새 같다는 감자꽃 향기, 난 엄마에게 크게 못할 짓을 한 것 같아 눈물이 나왔다. 손에 묻은 감자꽃 진도 어서 씻어내고 싶었다.

난 그날 이후 감자꽃을 따지 않았다. 할머니도 그 후로 감자꽃을 따는 것을 보지 못했다. 마당에 병든 딸이 좋아한다고 꽃을 보기 위해 심었던 감자꽃인데 그 딸이 가버리고 없다고 수확을 올리겠다며 퍼런 피 흘리게 그 꽃의 목을 꺾는 이율배반적 행위가 바로 인간의 삶이었다.

얼마 후면 감자꽃이 필 것이다. 시골에 있는 작은 땅뙈기에 무얼

심을까 걱정을 했더니 후배가 씨감자를 보내왔다. 그걸 아내와 둘이서 심었다. 어떤 감자가 열릴지 모르겠다. 어머니가 좋아하셨다는 흰 꽃이 피려면 두백감자여야 한다. 감자꽃의 꽃말은 '자애, 당신을 따르겠습니다'라고 한다.

5월이면 유난히 어머니 생각이 많이 난다. 감자꽃이 피는 때다. 감자꽃은 씨가 맺혀도 그 씨를 심지 않는다. 결국 꽃이 필요 없는 식물이다. 그래선지 어떤 것은 아예 꽃이 없는 것도 있다. 씨는 씨이되 씨의 역할을 못 하는 감자꽃의 씨, 대신 씨감자의 싹들이 생명의 씨가 된다. 그러나 감자꽃의 꽃말처럼 자애로 넘치는 어머니의 사랑 같은 꽃, 땅속 결실을 위해 모든 것을 포기하는 감자꽃의 사랑이야말로 어머니의 희생이다.

> 우리 엄마는 감자꽃이다/ 맛있는 건 모두 다/ 땅속에 있는 동글동글한 자식들에게 나눠 주고/ 여름 땡볕에 노랗게 시들어 가는/ 하얀 감자꽃이다   -이철환의 「보물찾기」 중

그러고 보면 나도 어머니처럼 흰 감자꽃을 좋아하고 있었던 것 같다. 어머니가 보고파지면 어머니 대신 볼 수 있는 꽃, 연한 라일락 내나는 하얀 감자꽃 향기가 진짜 어머니 냄새일 것 같기도 하다.

《에세이21》, 2014. 여름호

감자꽃 향기

그날 새벽

끼기기긱 덜커덩, 가쁜 숨을 몰아쉬며 달려온 기차가 드디어 멈춰 섰다. 순간 사람들은 경주라도 하듯 서둘러 일어나 출구로 향한다. 그러나 통로는 한 명씩만을 받아들이며 사람들을 한 줄로 서게 만든다. 나도 그중 하나가 되긴 했지만 할 수만 있다면 좀 더 천천히 나갔으면 좋겠다는 생각이다.

한참 만에 기차에서 벗어났는데 긴 기차만큼이나 길게 사람들의 줄이 이어져 달리고 뛰고 걷고 한다. 하나같이 뭐가 그리도 바쁜지 크고 무거운 짐 보퉁이를 들고서도 잘도 달린다. 그리운 가족들, 사랑하는 사람과 조금이라도 빨리 만나고 싶어서일까. 아니면 지겨울 만큼 길었던 기차여행에서 일분일초라도 더 빨리 벗어나고 싶어서일까.

그들에 아랑곳하지 않고 되도록 천천히 발길을 옮기는 내 등을 치고 가는 사람, 내 몸을 부딪치며 가는 사람들을 잠시 발을 멈추고 망연히 바라보노라니 갑자기 가슴속이 유리조각에 긁힌 것처럼 쓰리다. 심장은 큰북 치듯 쿵쾅댄다. 밀려드는 불안, 저들과 다른 나라로 가는 것 같은 나, 기차에서 내려 출구를 거쳐 서울역 광장에 이르기까지의 시간조차 순간처럼 느껴졌다.

비로소 하늘을 쳐다봤다. 날이 밝기 전의 이른 새벽, 낯선 하늘 밑에서 더욱 작아져 있는 나를 하늘도 완전 무시하는 것 같다. 3년 전에 처음 보았던 서울 하늘과도 달랐다. 그땐 그저 기대와 즐거움이었다. 거기다 여름이었다. 오늘은 겨울이고 하늘도 잿빛이다. 별 하나도 보이지 않는다. 내 삶의 전환, 아무것도 확실하지 않은 내 삶으로의 시작이다. 비로소 차가운 바람에 노출된 몸이 움츠러들어 있음을 느낀다. 겨울의 새벽은 아직도 어둠 속에 묻혀 있다.

바지 주머니에서 접힌 종이를 꺼냈다. 내가 가야 할 곳의 주소다. 역에서 나와 왼쪽으로 가면 버스정류장이 있다고 적혀있다. 거기서 버스를 타면 된다고 했다.

갑자기 한기 같은 무서움이 왈칵 몰려왔다. 얼른 하늘을 쳐다봤다. 가로등 불빛 속으로 보이는 새벽하늘이 어제 집을 나섰을 때의 저녁나절 같다. 순간 저만치로 멀어져 가는 할머니의 손 흔드는 모습이 보였다. 점점 멀어져 가며 희미해지는 모습, 나는 분명 그 자리에 서 있는데 내가 가는 것처럼 멀어져 가는 모습이 나를 더욱 안타깝게 했다.

이제부터는 정말 혼자라는 생각이 들었다. 아무도 없는 곳에 버려진 느낌이다. 하늘도 머리 가까이까지 내려앉는 것 같다. 초등학교와 중학교를 다니던 시골의 하늘은 이렇지 않았다. 밤에는 별이 총총하고 낮에는 파랗게 맑았다. 그런데 다들 가버린 곳에서 홀로 서 있는 내게 하늘은 지극히 무덤덤 무표정이다. 아는 체도 않는다. 열여섯 머스마가 어떻게든 정을 붙이고 살아가야 할 새 하늘 새 땅인데 말이다.

보퉁이 보퉁이 들고 이고 메고 달리던 사람들은 다 어디로 갔을까. 마중 나온 사람과 하나 되어 가는 사람들을 바라보면서는 새삼 가족이란 저런 거구나 생각을 했다.

광장 가 쪽으로 며칠 전 내렸던 눈을 밀어놓은 눈더미들이 여기저기 시꺼먼 먼지를 뒤집어쓴 채 상처 딱지처럼 붙어있다. 그게 마치 서울에서 살아갈 내 모습 같아 보여 왈칵 설움이 몰려들었다. 버스정류장에서 내가 타야 할 번호의 버스를 기다리는 내 눈에도 아주 조금씩 날이 밝아오는 것이 느껴졌다. 불빛 속에 가려졌던 어두움도 옅어지는 것이 보였고 비로소 새벽이 느껴졌다. 버스만 타면 내가 맞게 될 새 풍경들이 익숙하고 낯익었던 것들을 놓아버리고 떠나온 길에서 새롭게 맞아야 하는 두려운 생소함으로 나를 압박해왔다.

외할아버지 외할머니로부터 백부님 숙부님께 그날 새벽이 그렇게 나를 인계했었다. 어쩔 수 없이 새로운 삶 속에 들이밀어질 나였기에 반가움보다 두려움과 미안함이 더 컸다. 미명을 벗어버린 아침이라도 빨리 왔으면 싶었다.

　완전히 날이 밝으려면 얼마나 더 있어야 하는가. 내가 기다리는 버스는 언제쯤 올 것인가. 그렇게 나는 열여섯 겨울을 보내던 한 새벽 서울이라는 삶터에 덩그마니 올려졌었다. 그날 나는 내가 타고 가야 할 버스를 네 번이나 보내버린 뒤에야 버스에 올랐다. 그런데도 내가 기다리는 아침은 쉬 오지 않았다. 참 두렵고 긴 미명의 새벽이었다. 그렇게 난 고향을 떠났고 서울이라는 또 다른 고향에 옮겨 심어졌다. 그날, 50년 전, 그날 새벽에. 《수필문학》, 2012. 10월호

먼저 좋아

　요즘은 **아이들** 눈으로 세상 보는 연습을 한다. 손주 녀석들의 눈 높이에 맞춰줘야만 그들이 좋아해 주기 때문이다. 이제 33개월과 14개월 된 외손녀가 가끔 집에 오는데 올 때마다 깜짝깜짝 놀라게 한다. 아이들의 하는 짓이 지난번 왔을 때보다 몰라보게 달라져 있음인데 새로운 말과 짓거리를 보여주기 때문이다.

　사실 딸과 아들 남매를 키워냈지만 그땐 먹고살기에도 바쁘고 그저 힘겹기만 하였던지라 아이들 자라는 모습에 눈을 줄 겨를도 없었다. 그러나 손주는 그들의 하는 짓 하나 하나가 눈여겨보아지는데 그러다 보니 그것들이 더 새로워 보이고 기특하고 사랑스럽다. 그만큼 삶에 여유가 생겼다 할 수 있지만 내가 나이 들었다는 이유도 될 것 같다.

　아이들이 집에 와 있을 때는 쉴 새 없이 묻고 해 달라 하고 내 하는 일을 방해해서 귀찮다. 그러나 막상 그들이 인사를 하고 현관문을 열고 나서면 다시 안으로 들이고 싶어진다.

　오늘도 계속 두 녀석이 내 몸을 놀이터 삼아 놀더니 한순간 큰놈이 보이지 않았다. 혹시 이놈이 또 어디 가서 무슨 말썽을 피우나 싶어 찾아보니 열어놓고 나왔던 내 방문이 닫혀있다. 살그머니 문을 열어보았다. 아뿔싸 내 책상 밑에서 열심히 색연필로 방바닥에다 그림을 그리고 있다. 책장에 올려져 있던 것들도 빼내져 여기저기 나뒹굴고 있다. 녀석은 급작스런 나의 출현에 아연 긴장하는 듯하였지만 할아버지는 늘 제 편이라는 듯 이내 태연히 하던 짓을 그대로 계속한다.

　"하야, 종이에 그려야지. 방바닥에다 그리면 어떡해?" 했더니 "하부지! 박하가 그렸어." 하며 오히려 자랑스러워한다. 그러는 중에 낌새를 눈치챈 제 어미가 급히 달려오자 아이는 순간 울상이 되는 듯싶더니 알코올 휴지를 주며 지우라 하자 금방 장난스럽게 문지르며 그것도 즐거워한다. 그런데 딸아이가 내게 "아빠, 하가 할머니보다 할아버지가 더 좋대요" 한다. "그럴 리가?" 하고 내가 되물었더니 아이만 있을 때 "할아버지가 좋아? 할머니가 좋아?" 하고 물었더니 한참 생각하다가 "하부지가 먼저 좋아." 하더란다.

　먼저 좋아? 이제 30개월 조금 넘은 아이에게 '더'라는 말은 어려웠을까. 어떻든 아이는 '더'라는 말의 대체어로 '먼저'라는 말을 썼다. 그런데 할머니보다 할아버지를 더 좋아한다는 것에 기분이 좋다기보다 아이가 했다는 그 말이 아주 마음에 들었다. '더 좋아'보다

'먼저 좋아'라고 했다는 아이의 말이 내겐 너무나 신선한 느낌으로 다가왔기 때문이다.

장영희 님의 수필에 '하필이면'이란 게 있다. 조카에게 어느 날 선물을 했는데 외국에서 살다 와서 우리말에 서투른 조카가 '이걸 왜 하필이면 내게 주는데?' 하더란다. 작가는 조카가 쓴 '하필이면'이란 말을 이렇게도 쓸 수 있구나 하고 놀란다. 뭔가 내 일만 잘못되거나 내 불행이 겹쳐 원망할 때 주로 쓰는 말인데, 한국말이 서툰 조카는 고모가 자기에게 선물을 준 것에 대해 왜 나한테만 특별하게 이런 선물을 주느냐는 고마움의 표현으로 '하필이면'이라 했던 것이다. 그랬더니 다른 어떤 말로도 대신할 수 없을 만큼의 특별한 감사 표현이 되더라는 것이다.

33개월짜리 손녀가 쓴 '먼저 좋아'의 '먼저'가 바로 '하필이면'처럼 사용된 것이 아닐까 싶다. '하부지가 더 좋아'보다 '하부지가 먼저 좋아' 한 손녀를 나는 꼬옥 끌어안아 주었다. "하부지가 먼저 좋아?" 끌어안은 그에게 귓속말로 물었더니 "응. 하부지가 먼저 좋아." 했다. "그래? 하부지도 박하가 먼저 좋아." 우린 한통속이 되어 키득거렸다.

사랑은 표현해야 더욱 활짝 피어난다고 했는데 표현을 하고 나면 더 사랑하게 되는 것 같다. 가만 생각하니 손녀아이는 나이답지 않게 언어적 표현이 야물다. 그건 누가 가르쳐 준 것이 아니라 스스로 배운 것들이다. 아빠 엄마란 말만 겨우 하던 어느 날엔 제 할머니와 방 안에 있었는데 내가 밖으로 나오라며 불을 꺼버렸더니 '안 보여'라고 해서 놀랐었다. 그런데 거기다 이어서 '무서워'라고까지 했다. 그런 상황이 어떻게 안 보이는 상황이고 또 그게 어떻게 무섭다는 상황으로 인지되었을까.

아이에게서 배운다는 말이 맞는 것 같다. 아이는 결코 그냥 말한 게 아녔을 것이다. 아이는 그런 상황과 거기에 쓸 만한 말을 수없이 찾았을 것이고 그 결과 거기에 맞는 말은 이것이다, 라고 판단되어 선택하는 힘까지 갖게 되었을 것이다. 그게 정확하게 그날 처음으로 표현되어 나왔을 것이다. 행위의 순서가 되는 '먼저'라는 말이 '더'라는 비교되는 말보다 아이에겐 더 적합하게 생각되었을 것 같다.

그런데 우리는 삶에서 '먼저'보다 '더'를 훨씬 좋아한다. 더 크고 더 많고 더 높고 더 좋은 것만 바란다. '먼저'인 경우도 '더'가 있어야 움직인다. 어쩌면 '더'란 욕심의 표현일 때가 많은 것 같다. 내 것으로 만드는 일에 '더'가 많이 동원된다. 남에게 주는 것에 '더'는 약하다.

그랬다. 맞다. 아이는 꼭 '하부지 먼저 먹어' 했다. 저보다 먼저 할아버지가 먹어야 한다고 생각하는 것이다. 그러나 '하부지 더 먹어'라고는 하지 않았다. '먼저'는 할아버지지만 더 먹는 것은 자기부터 생각했다.

먼저는 행동의 순서가 아닌가. 양이 아닌 순서, 생각하면 할수록 아이가 한 말이 사랑스럽다. 내 삶의 순간순간에서도 나는 이 사소한 아름다운 원칙 하나를 세우지 못했다. 그저 '먼저'와 '더'의 갈림

감자꽃 향기

길에서 늘 주저하다가 '더' 쪽으로 살짝 방향을 틀곤 했다. 그래서 좋은 사람이 내 친구가 되었으면 하고 바라지 내가 먼저 그의 좋은 친구가 되겠다는 생각은 하지 않는다. 그가 주면 나는 그보다 더 주리라고는 생각하지만 작더라도 내가 먼저 주려고는 하지 않는다. 있는 것에 먼저 감사하면서 더 좋은 것을 얻기 위해 노력하는 것이 아니라 늘 더 좋은 것이 없음에 불평하며 내게 있는 것에 대한 감사도 소중히 여기는 것도 하지 않았다. 사람의 모습으로 표현한다면 '먼저'는 적당히 날씬하고 행동도 세련된 모습일 것 같고 '더'는 뚱뚱하고 굼뜬 모습일 것 같다. 바로 나의 모습이다.

'먼저 좋아' 손녀는 내게 새로운 삶의 목표와 방향을 선물해 주었다. 오늘도 나는 이렇게 아이에게서 배운다. '그래 하야, 하부지도 이제부터 먼저 좋아할게.' 나는 아이를 품에 꼬옥 안고 선물로 줄 것이 없을까 바쁘게 눈을 움직인다. 아이도 내가 먼저 뭐든 줘야 계속 '먼저 좋아' 할 것이다. 《계간 수필》, 2011. 여름호

그냥

"이 밤중에 웬일이냐?"

"그냥요."

"그냥?"

내 대답이 신통찮았는지 장인어른께서 반문을 하신다. 그러곤 '그냥이라고!' 혼잣말처럼 하시더니 자정이 넘어 찾아온 딸과 사위가 가져온 것들을 주섬주섬 꺼내 보면서 "이건 다 뭐냐?" 하신다.

"그냥요." 내가 또 그냥이란다. 뭐가 그냥이란 말인가. 하지만 장인어른도 이제는 더 이상 반응을 안 하신다. '그냥'으로 다 통한 것 같다.

요즘 세상은 너무 다양하고 복잡하다. 복잡하다는 것은 정확을 요한다는 말도 된다. 다양하고 복잡하기 때문에 무어든 확실히 해야만 한다. 대충 넘기거나 넘어갔다간 큰코다친다. 그러다 보니 쉽게 간단하게 설명할 수 없는 것들이 너무 많다. 분명하고 정확하게

감자꽃 향기

해야 한다. 그러나 이해하려고만 들면 더없이 간단하고 쉬운 것일 수 있다. 묻고 답하는 말도 내가 알아들었다는, 그 말의 뜻이 무엇인지 알겠다는 의미만 전달하면 된다.

그냥이란 말 속엔 '대충'과는 다른 뜻으로 여러 가지 의미들이 담겨 있다. 좋다 나쁘다의 중간도 그냥이다. 많은가 적은가의 중간도 그냥이면 된다. 잘 지내느냐고 물어도 '그냥'이라 대답하면 되고, 건강이 좋아졌냐고 물어도 '그냥'이라 하면 된다. 그냥이란 말속엔 좋아졌다는 뜻과 좋아지진 않았지만 더 나빠지지는 않았다는 뜻이 상존한다. 정확히 대답하고 싶지 않다는 뜻도 포함된다. 그런데도 기분 나쁘지만은 않은 대답이 된다.

우리 삶에도 그냥이면 되는 게 너무 많다. 그런데도 사람들은 '그냥' 하면 자기를 무시한다고 생각한다. 차거나 덥거나, 좋거나 싫거나 둘 중 하나를 택하라고 한다. 기면 기고 아니면 아니라고 하라 한다. 하지만 세상 일이 어찌 이분법으로 모든 것을 나눌 수만 있으랴.

장인어른이 아내와 내가 가져온 것들을 하나씩 포장을 풀고 점검하듯 맛을 보신다. "맛있어요?" 내가 물었더니 이젠 '그냥'도 아니다. 나를 한번 힐끗 쳐다보시고 만다. 그뿐이다. 내가 '그냥'이라고 한 것에 대한 불만의 표출이신가. 아니다. '뭘 그런 걸 다 묻냐'의 의미 같다. '맛있지 그럼 맛없겠냐? 너희가 맛도 없는 걸 사 왔냐? 그런 걸 묻는 거라고 묻는 거냐?' 그러시는 것 같다. 그냥이란 말조차 하지 않았는데도 이렇게 생각이 통하지 않는가.

초등학교 동창 중에 대학을 졸업하면서 바로 약국을 개업한 친구가 있다. 친구는 입이 무겁다. 어렸을 때도 어른스러웠지만 나이가 지긋한 지금은 더 어른스럽다. 어쩌다 만나거나 전화를 걸어 어떻게 지내느냐고 하면 늘 '그냥'이라고 답한다. 나는 그 그냥이란 말만 믿고 그가 여전히 잘 지내는 줄 알았다. 그런데 그의 '그냥' 속엔 친구에게까지 자신의 어려움을 알리지 않으려는 마음이 들어 있었다.

다른 친구를 통해 들은 얘기로는 30년간 약국을 해서 모은 돈을 보증을 잘못 서주어 다 날려버렸단다. 그런데도 그는 내게 '그냥'이라고 했던 것이다. 한편으론 많이 서운했다. 내가 어떤 도움을 줄 것도 아니면서, 내게 말을 하자면 또 아픈 상처가 터질 것인데도 그의 어려운 사정을 내가 모르고 있었다는 것에만 화가 났고 나에게만 모르게 한 것 같아 그것에도 화가 났다. 하지만 그의 속마음을 아는 나로서 그가 내게 할 수 있었던 말은 역시 그냥밖에 없었을 것 같다.

'그냥'이란 말을 사전에서 찾아보면 부사로 '더 이상의 변화 없이 그 상태 그대로, 그런 모양으로 줄곧, 아무런 대가나 조건 없이' 등의 뜻이다. 그러나 내가 사용하고 이해하는 '그냥'은 그보다 훨씬 더 많은 뜻을 포함한다. 현상유지보다 훨씬 잘되고 있는 상황도 그냥이고, 많이 나빠졌지만 곧 좋아질 것을 기대하며 크게 걱정하지 않는 것도 그냥이다.

그냥은 내 나이쯤의 세대가 살아온 삶의 분위기였다. 하나같이 어렵고 힘들기만 했던 날들을 하루하루 살아가면서도 오늘보다는

감자꽃 향기

나을 내일, 더 이상 나빠질 것이 없을 내일이기에 절망보단 희망을 더 가까이 할 수 있었는지 모른다. 그런데 요즘의 삶들을 보면 너무나 똑똑하고 정확해서 조금의 미련이나 여유조차 가져볼 수 없게 살벌한 느낌이 들곤 한다. 사나흘, 두어 되, 대여섯 개 등 정확하지 않아도 얼마큼인지를 충분히 알아듣던 그런 셈법의 여유로움까지도 사라져 버렸다는 아쉬움이다.

장인어른께서 아이들 소식을 물으신다. 나는 또 '그냥요' 한다. 그렇다. 덜할 것도 더할 것도 없이 잘 지내고 있는 딸 내외와 두 손녀다. 미국의 아들 내외도 요즘엔 전화가 뜸하다. 바쁘기도 하겠지만 시차를 맞추기가 어려우니 전화하는 것도 쉽지 않을 게다. 아마도 내가 전화를 하여 별일 없느냐고 물으면 녀석도 '그냥요' 할 게다. 그런데 다른 어떤 많은 말보다도 그 한마디가 오히려 정겹고 편안하다. 특별히 좋은 일은 없지만 나쁜 일도 없다는 것이니 얼마나 감사한 일인가.

시계를 보니 미국은 저녁 8시쯤 되었을 것 같다. 문득 전화를 한 번 해보고 싶어진다. 아들에게 외할아버지 목소리를 들려주면 좋아할 것이다. 신호가 간다.

아마 틀림없이 '잘 지내니?' 하고 내가 물으면 아들 녀석은 '그냥요.' 할 게다. 그냥, 그래 그냥만큼 그렇게 살아주는 것도 얼마나 고마운가. 그래 나도 그냥이다. 《에세이문학》, 2001. 겨울호

허상의 대금 소리

봄이면 생각나는 사람이 있다. 그를 허상이라고 불렀는데 내 어렸을 때 집일을 봐주던 허서방이다. 어디서 왔는지도, 정확히 나이가 얼마나 되는지도 아는 게 없었다. 힘이 장사로 일도 잘했는데 우리 집에서 3년여 사는 동안 특히 내겐 더할 나위 없는 좋은 친구였다.

허상은 재주가 많았다. 휘파람을 기가 막히게 잘 불었고, 풀잎, 나뭇잎 등 무엇이든 그에게 잡히면 소리가 되어 나왔다. 손재주가 또한 놀라워 일하는 틈틈이에도 무얼 하나씩 만들어내곤 했다. 그런 그가 봄이면 대나무 피리를 만들었다. 그게 대금이란 것은 한참 후에야 알게 되었지만 그가 어디서 대금 만드는 법을 배웠고, 어떻게 대금 연주를 그렇게 잘할 수 있었을까는 지금도 풀리지 않는 수수께끼다.

단옷날, 허상은 나더러 어딜 좀 다녀오자고 했다. 그는 나를 훌쩍 들어 올려서는 그 우람한 몸과 힘을 과시라도 하는 양 자신의 목에

턱 걸쳐 앉혔다. 나는 그렇게 무등을 타고 어디론가 갔는데 도착해 보니 신설포 영산강 가였다. 그는 강둑을 따라 한참 걷다가 실한 갈대들을 보더니 메고 간 망태에서 낫을 꺼내 갈대를 베기 시작했다. 뭐 할 거냐고 하니깐 피리를 만들 거라고 했다. 그렇게 벤 갈대 다발을 집으로 가져온 그는 그날 내내 갈대를 자르고 깎고 했다. 나는 그걸로 피리를 만드는 줄 알았다.

그로부터 한참 지난 늦은 봄날 저녁이었다. 집 뒤꼍에서 애잔한 가락이 들려왔다. 소리를 좇아가 보니 허상이 달빛이 내리는 감나무 아래서 피리를 불고 있었다. 그런데 그건 갈대로 만든 피리가 아니라 대나무 피리였다. 무슨 곡인지는 알 수가 없으나 가락이 매우 구슬퍼서 어린 가슴에도 알지 못할 슬픔이 고이게 했다. 그가 피리를 완성한 것이었다. 나는 까맣게 잊고 있었는데 그동안 틈만 나면 그 피리 만들기에 시간을 보낸 것 같았다. 입에 피리를 대고 눈을 감고 뚫린 대나무의 구멍을 막았다 열었다 할 때마다 애잔한 가락은 바람을 타고 산을 한 바퀴 돌고는 다시 돌아오기도 했고, 더러는 툭 터진 앞마당으로 곧장 퍼져 나가 멀리로 아주 사라져 버리기도 했다. 그는 내가 곁에 서 있는 것도 느끼지 못하는 듯 소리만을 만들어 내고 있었다. 지켜보던 어린 나는 갑자기 가슴이 콩닥이기 시작했다. 피리를 통해 허상의 숨결이 다 빠져나가 버리면 어떡하나 하는 걱정과 두려움이 일기 시작했다. 숨이 다 빠져나가 버리면? 그러면 죽는 것이 아닌가? 그는 계속해서 자신의 숨결을 소리로 바꾸어 어디론가 누구에겐가로 보내고 있는 것 같았다. 가락이 산을 넘고 물을 건너 멀리로 사라져 가는 것이 보이는 듯했다. 피리 소리는 어둠 속에서 명주실보다도 더 가느다란 한 줄기 소리의 선이 되어 날아 갔다.

얼마나 지났을까. 그가 피리 불기를 멈추더니 멀거니 앞을 바라보았다. 그리고 한참 후에야 나를 발견했다. "왔었냐?" 그가 내 손을 훅 잡아끌었다. 그의 너른 가슴에 안겨버린 나를 잊기라도 한 듯 그는 말없이 한참을 그렇게 있었다. 그때 아주 작은 별똥별 하나가 빠르게 산 너머로 떨어져 내렸다. 그도 그것을 본 것 같았다. 그가 나를 풀어주고 일어섰다. 어쩜 그는 저 별똥별로 소리를 보내고 있었는지 모른다. 그리고 그로부터 무언가 답을 듣고 일어나는 것인지도 모른다. 내가 피리를 갈대로 만드는 게 아니었느냐고 묻자 이 대나무 속에 갈대가 들어있다고 했다. 나는 대나무 속에 작고 가느다란 갈대피리가 들어간 것으로 생각했다. 허상의 피리 소리와 함께 그해 봄도 저물어 가고 있었다.

다음 해 봄, 허상은 또 나를 데리고 갈대를 베러 갔다. 나도 조금씩 호기심이 생겼다. 대나무에 저 갈대를 어찌 넣는 것일까? 어떻게 피리를 만들기에 그토록 맑은 소리가 나는 걸까? 그는 말했다. '소리를 내게 하는 것은 갈대 속껍질인데 그 속껍질을 구하러 간다'는 것이었다. 그러면 갈대피리를 속에 넣는 게 아니었던가? 그런데 그 속살은 단옷날 벤 갈대의 것이어야만 한다고 했다. 허상은 그렇게 베어 온 갈대의 마디를 자르더니 연필 깎듯 갈대의 껍질을 깎았다. 그러자 하얀 비단 같은 게 나왔다. 그가 말하던 갈대 속껍질인데 내가 볼 땐 그건 껍질이 아니라 갈대의 속살이었다. 그는 그걸 입으로 후후 불면서 돌돌 말아내었다. 그런데 그게 잘 안 되는 것 같았다. 그 많은 갈대를 다 깎았는데 찢어진 게 더 많아 겨우 몇 개만을 건질 수 있었다. 옆에서 지켜보고 있는 나는 전혀 의식지도 않고 일에만 몰두했다. 그는 미리 준비해 놓았던 싶은 하얀 헝겊에 갈대 속살을 싸더니 자신이 거처하는 사랑방 아궁이로 갔다. 그릇에 그걸 넣고는 끓는 물 속에 그릇을 띄우고 솥뚜껑을 닫았다. 그는 내게 싱긋 웃어보이고는 휘파람을 불기 시작했다. 그의 휘파람 소리는 꼭 흥겨운 것은 아니었다. 어린 가슴까지도 아리아리하게 하는 것, 그것은 분명 슬픔이었다.

나는 갑자기 심심해지기 시작했다. "허상, 나 갈래." 나는 그곳을 나와 버렸다. 그런데 한참 후에 그가 나를 불렀다. 그는 헝겊에 싼 것을 놋쇠 그릇에 담아서는 나더러 들고 가라고 했다. 그리고 자기는 끓는 물솥 위에 물 긷는 동이 하나를 포개 얹은 후 함께 들고는 우물 있는 곳으로 갔다. 우리 집의 우물물은 깊기도 했지만 여름에도 손이 시릴 만큼 차가왔다. 허상은 두레박으로 우물물을 길어 동이에 채우더니 내게서 그릇을 받아 물 위에 띄웠다. 식히는 것이었다. 한참 있더니 그걸 다시 끓는 물 위에 떠 있는 그릇에 헝겊에 싼 채 다시 넣어 솥뚜껑을 덮었다가 한참 만에 다시 꺼내서 찬물에 식히고 또 뜨거운 김에 쪘다가 식히기를 반복했다. 그는 이렇게 해야 갈대 속살이 질겨져서 소리를 잘 내게 된다고 말했다.

그가 솥과 물동이를 챙겨 집으로 돌아간 후의 일은 보지 못했다. 그러나 얼마 후 뒤꼍 감나무 밑에서 들려오는 피리 소리를 들을 수 있었다. 끊어질 듯하면서도 이어지는 소리, 사람이 만들어낼 수 없는 소리, 이 세상의 소리가 아니라는 생각이 들게 하는 소리, 그가 불어 내는 소리는 저 하늘 끝으로 소리의 화살이 되어 날아갔다. 나는 혹시라도 나로 인해 그의 피리 소리가 끊길까 봐 어둠 속에서 숨을 죽이며 그를 바라보고 있었다. 그런데 그날따라 가락이 더 구슬펐다. 나도 공연히 슬퍼져서 눈물이 나왔다. 순간 허상이 어디론가 바람처럼 가버리는 것은 아닐까 하는 생각이 들었다. 하지만 그해 여름, 그해 가을이 지나도록 우리 집에 있었다. 일꾼 몇 사람 몫을 전혀 힘도 안 들이고 다 해내면서 말이다.

예감이란 아이들에게도 있나 보다. 가을걷이가 끝나고 겨울이 오는가 싶었는데 허상이 나를 불렀다. 그리고 헝겊에 싼 것을 내게 주었다. 보지 않아도 그것이 피리라는 것을 나는 금방 알 수 있었다. 1년에 하나씩 만들었던 피리, 그 두 개 중 하나일 터였다.

'나 이제 간다.' '어디로?' '응, 그냥.' 그는 피리를 든 내 손을 꼬옥 쥐더니 나를 훌쩍 들어 무등을 태워 몇 바퀴를 돌리고 내려놓더니 그의 방으로 들어갔다. 그날 밤 그는 어디론가 떠나고 말았다. 그가 그렇게 왔던 것처럼 갈 때도 그렇게 가버렸다. 나는 그가 준 대나무 피리

를 만지작거리며 그를 생각했다. 그리고 어느 날 불쑥 '나 다시 왔다'
할 것만 같아 가끔씩 그가 거처하던 방문께로 눈을 돌리곤 했다.

그는 봄의 사람이었다. 아마 대나무와 갈대가 있는 어딘가에서
그는 지금도 봄을 만들고 있을 거였다. 휘파람을 불며 단오를 기다
리고 단옷날부터 다시 대금을 만들 거였다. 그가 대금을 완성하여
한 곡조 불어내야 비로소 봄이 무르익고 그래야 봄도 갈 수 있었다.
그는 지금 어디 있을까? 어디선가 그의 숨결이 가락이 되어 들려오
는 것만 같다. 그가 불어 보냈던 소리들이 허공을 헤이다 그를 그리
워하는 내게로 찾아온 것인지 모르겠다. 이 봄엔 그가 유난히 더 그
립다. 나도 그만큼 오래도록 누구에겐가 그리움의 대상이 될 수 있
을까. 그가 부는 대금 소리를 한 번만이라도 다시 들어보고 싶다. 내
게 그는 가슴속의 사람으로 영원히 살아있을 것 같다. 내 삶의 안과
밖 모두에 그는 늘 살아있다. 어디선가 그의 대금 소리가 들려오는
것 같다. 봄이라고. 계간 《덩아돌하》, 2021. 봄호

서서 흐르는 강

미명의 새벽이었다. 그러나 그냥 누워 있을 수가 없다. 더구나 어디선가 자꾸만 나를 부르는 것만 같다. 아내를 깨워 호텔 문을 나섰다. 2월의 싸아한 새벽 공기가 채 맑아지지 못한 내 정신을 씻겨 준다. 어둠 속의 공기는 차갑기보다 상쾌하게 느껴졌다.

문을 열자 들려오는 하늘을 울리는 소리, 어둠 속이건만 큰 울림의 실체로 하얀 물보라를 일으키는 물줄이 보이는 듯했다. 소리가 나는 쪽으로 발걸음을 향했다. 불 켜진 가로등 하나가 너무 이르지 않느냐고 걱정스런 눈길을 보내온다.

녹지 못한 눈이 가로등 불빛에 반사되어 어둠을 밝히는 마른 잔디밭을 가로질러 100여 미터쯤을 내려가니 어둠을 뚫고 더욱 귀가 멍멍해지게 소리가 커진다.

조금씩 어둠이 엷어지고 있는 강가인데 물소리는 더 커져 가는 것만 같다. 한데 그 엄청난 물소리는 흘러가고 있는 강물 소리가 아니라 바로 가까이 폭포에서 나는 소리였다.

　나는 미국 쪽 나이아가라시의 호텔에서 묵었던 것이다. 그리고 지금 폭포로 떨어지기 바로 전의 강가에 서 있는 것이다. 그러나 폭포의 장관을 제대로 보기 위해선 건너편 캐나다 쪽 나이아가라로 가야 한단다. 참 아이러니컬하다. 폭포는 미국 것이라 할 수 있는데 폭포를 보러 오는 관광객은 캐나다에서 돈을 쓴다. 마치 이름은 내 것이지만 정작 내 이름은 남이 주로 부르고 쓰는 것과도 같다고나 할까. 여하튼 나와 아내는 그 거대한 폭포를 이루는 원류 앞에 서 있는 셈이다.

　캐나다와 미국의 국경을 흐르는 이 나이아가라강은 큰 나라에 비해 길이가 45킬로미터밖에 안 되는 아주 작은 강이라고 한다. 그러나 거대한 나이아가라 폭포가 강 중간지점에 있기 때문에 이곳이 세계적으로 유명해진 것 같다.

　나이아가라강은 미국 오대호인 이리호와 온타리오호를 이어주는 강인데, 평균 매초 3,679톤에 이르는 엄청난 강물을 흘러보낸다고 한다.

　5대호의 하나인 이리호에서 발원한 나이아가라강은 온타리오 호수로 흘러가는 중간에서 50m의 낙차로 떨어져 내리게 되는데 이것이 나이아가라 폭포가 된다는 것이다.

　지난밤 어둠 속에서 조명을 받고 있는 폭포를 캐나다 쪽에서 잠시 맛보기로 보았던 것으로도 탄성이 나왔었지만 그래도 밝은 낮에 제대로 보지 못한 때문인지 감동이 그리 오래가진 않았었다. 하나 지금은 눈으로 보진 못하나 굉음을 내며 떨어지는 거대한 폭포 소리가 거대한 폭포를 상상시키며 오늘 낮의 장관을 더욱 기대케 해 주고 있다.

옛날에 이곳에 살았던 인디언들은 '천둥소리를 내는 물'이란 뜻으로 이 폭포를 '니아가르'라고 불렀다 한다. 그도 그럴 것이 이 곳의 물 떨어지는 소리는 7만 6천 개의 트럼펫을 동시에 불어대는 것과 맞먹는 소리라고 하니 가히 짐작이 되지 않는가. 거기다 한 시간에 떨어지는 물의 양만도 우리나라 서울 시민이 이틀 동안 소비하는 수돗물의 양이 되는 1억 6천 리터가 된다니 얼마나 어마어마한가.

그러나 폭포가 가까워지건만 금세 낭떠러지로 떨어지는 것도 모르고 여유롭고 한가롭게 흘러가는 강물을 보고 있노라니 한 치 앞도 바라보지 못하고 사는 우리 인생을 보는 것만 같다.

어느새 미명의 새벽은 간곳없고 아침이 되어 있었다. 폭포를 향해 흘러가는 물줄이 점점 바빠지는 것 같다. 폭풍 전야의 고요 같은 숨막힐 두려움이 저 흘러가는 물들에게도 있을까.

나는 창조자의 위대한 솜씨 앞에서 나도 모르게 소리 높여 감사의 기도를 드렸다. 날이 밝아지면서 물소리도 따라 커지는지 나는 더욱 소리를 높인다고 하는데도 내 목소리는 더욱 잦아들고 말지만 그래도 참으로 경건하고 뜨거운 감격으로 기도를 했다. 조물주 앞에서 인간의 보잘것없음을 절절히 느끼는 순간이었다. 발아래로 흘러가고 있는 물을 내려다봤다. 이 물이 조금 후엔 거대한 폭포를 이룰 것이라 생각하니 그냥 갈 수가 없다는 생각이 들었다.

아내의 만류를 뿌리치고 물가의 바위를 조심스레 붙들고 내려가 가까스로 물을 한 줌 움켰다. 차가움이 전신을 떨게 한다. 물의 차가움보다도 거대한 폭포를 이룰 원류라는 감격이 물에 손이 닿는 순간 나를 더 떨게 했을 것 같다. 움킨 물로 눈을 씻어봤다. 오염되지 않았을 것 같은 물로 온갖 더러움으로 때가 전 눈부터 씻고 싶었다. 아니 공해에 시달려 오며 내 갖은 욕망을 불러일으키는 창이었던 눈을 신에 가까이 있을 법한 이 정갈한 물로 조금이라도 씻어내고 싶었다. 그런데 눈이 밝아지는 것이 아니라 역시 그 차가움으로 정신이 더 번쩍 든다.

일행은 아직도 밖으로 나오지 않고 있다. 나만이 만끽하는 이 비밀한 조우가 감격스럽기까지 하다. 내 물 묻은 손을 아내가 잡는 것도 못 느낄 만큼 폭포를 향하여 흘러가고 있는 강물을 나는 넋을 잃고 바라보고 있었다. 까딱까딱 폭포 쪽으로 뭔가가 떠내려가고 있는 것만 같다. 문득 언젠가 들었던 나이아가라에 얽힌 전설이 생각난다.

콜럼버스가 신대륙을 발견하기 전, 나이아가라 폭포의 상류에는 한 인디언 부족이 살고 있었다고 한다. 그런데 이 부족은 폭포를 신이라 믿고 1년의 중심이 되는 달의 보름날을 기하여 매년 폭포 신에게 부락의 소녀 중 한 명을 산 채로 강물에 떠내려 보내는 제사를 지냈다고 한다.

그런 어느 해, 그해도 제물로 바칠 소녀를 제비뽑기로 가리게 되었고, 추장은 공정을 기하기 위해 자신의 딸도 참여시켰는데 공교롭게도 그만 추장의 딸이 제비에 뽑혀 제물로 바쳐지게 되었다는 것이다.

일찍 어머니를 잃었던 외동딸이기에 온갖 정성과 사랑을 쏟으며 이만큼까지 키워왔는데 하나밖에 없는 그 딸을 저 거대한 폭포 속으로 밀어 넣어 보내야만 하는 추장의 심정은 어떠했겠는가. 그러나 제물은 공정한 방법으로 선발되었던 것이고 추장으로서 부락민들에게 자신도 전과 같이 그것을 보여주어야만 하는 것이었다.

마침내 사랑하는 딸을 바쳐야 하는 날이 왔다. 온갖 꽃으로 치장한 배에는 자신의 딸인 어린 소녀가 태워져 울고 있었다. 배는 노도 없이 그냥 물결에 흘러가게끔 만든 배였는데 이윽고 배가 강에 띄워졌고 소녀는 아버지를 애타게 불러댔지만 어린 소녀의 소리가 어찌 거대한 폭포 소리를 뚫을 수 있으랴. 배는 점점 폭포의 낭떠러지를 향해 흘러갔다.

그때 강가 숲속에서 한 남자가 배를 띄우더니 노를 저어 소녀의 배로 다가갔다. 추장이었다. 추장은 소녀가 탄 배로 올라가 어린 딸의 손을 꽉 쥐었다. 소녀도 울고 추장도 울었다. 그러나 추장은 이내 딸을 향해 엷은 미소를 지었다. 그러자 소녀는 아버지의 품에 안기고 소녀와 아버지가 탄 배는 마침내 거대한 폭포의 물줄기 속으로 떨어져 버렸다. 폭포는 두 부녀를 삼켜버렸으나 언제 그런 일이 있었느냐는 듯 거대한 굉음만을 내고 있었다.

저 엄청난 소리며 감히 대적해 볼 엄두도 못 낼 폭포의 힘 앞에서 어찌 인디언들이라고 두렵지 않았으랴. 그 두려움이 폭포를 신으로 만들었고, 두려움에서 벗어나 보고자 했던 것이 그리 슬픈 전설을 낳지 않았던가. 나는 그 거대한 폭포 앞에 서 있는 것도 아니고 저만치서 들려오는 폭포 소리만으로도 이리 가슴을 조이고 있으니 신비롭고 큰 것이면 다 두려움의 대상이 되었을 저들에게 폭포는 얼마나 두려운 존재가 되었을 것인가.

아버지와 어린 딸의 이런 슬픈 전설이 있는지를 아는지 모르는지 강물은 폭포를 향해 속도를 빨리 하며 그러나 평화롭게 흘러가고 있다.

아내를 바라봤다. 어느덧 반백 년의 삶을 지쳐온 흔적이 드러나고 있었다. 어쩌면 우리도 저 흘러가고 있는 강물처럼 그저 마냥 앞으로 가기만 했던 것 같다. 앞에 무엇이 있을지, 지금 어디로 가고 있는지 그걸 생각할 수도 없었다.

부모랍시고 의지하는 어린 남매를 데리고 삶의 의미 한 번 제대로 생각해 볼 여유도 없이 허겁지겁 달려만 왔던 것 같다. 그리고 지금 이렇게 얼마나 더 흘러갈지 모르는 인생의 강가에 서 있 는 것이다.

하지만 지금 이 강처럼 강이라고 알고 있는 것이 사실은 폭포인 것을 모르고 있으니 어쩌랴. 강은 흐르는 것만이 아니라는 사실을 지천명을 넘기고서야 그것도 이국 하늘 밑 낯선 강가에서 알아챈다. 내 삶의 강은 얼마나 흘러가다가 폭포가 되어 추락하는 강으로 변할까. 아니다. 추락하는 게 아니라 어느 시점에서는 일어서서 흘러야 하는 것이다. 서서 흐르는 강, 우리는 그냥 흐르다가 떨어지는 것으로만 생각했지 서서 흐른다고는 생각하지 않았잖은가. 우리 삶은 대나무의 마디 같은 단락의 삶으로 1막, 2막, 3막의 구분된 삶을 사는 것 아닌가. 지금 내가 맞이한 이 단락으로 내 생도 끝나게 될지, 아니면 다시 한 삶이 이어질지 알 수는 없지만 유유히 흘러만 가는 것이 강이라는 생각을 일단 수정해야겠다.

어둠이 물러가고 밝아진 강가에서 맞이하는 새날, 아버지와 어린 딸이 한 가닥 물줄기 되어 스며들던 폭포의 강, 어쩌면 산다는 것은 강처럼 흐르는 것이 아니라 폭포처럼 떨어지는 순간을 기다리는 것이기도 하고, 일어서서 흘러야 하는 것도 아닐까.

저 멀리서부터 흘러오는 강물을 바라본다. 그리고 곧 낭떠러지로 떨어질 폭포 쪽도 본다. 나는 어느 쪽을 더 많이 남겨놓고 있을까. 아무래도 폭포에 가까워졌으리라는 생각을 하니 살아온 날들이 참으로 감사했다.

아내의 손을 잡았다. 아무래도 오후에 캐나다 쪽 나이아가라에서 바라볼 폭포는 제대로 바라볼 수 없을 것 같다. 폭포는 강의 추락이었다. 그러나 폭포가 끝이 아니라 폭포로부터 온타리오 호수로 이어지는 더 긴 여정이 새롭게 만들어지고 있다는 것이 큰 위안이 된다. 그리고 보니 어젯밤 보았던 폭포도 강의 추락이 아니라 서서 흐르는 강이었던 것 같다. 그렇다. 강도 아래로 흐르다가 이렇게 서서 흐름으로 폭포를 만들어 주는 것이었다. 그래, 떨어지는 것과 서 있는 것이 보기엔 같아 보일지 몰라도 내 인생의 강엔 큰 의미의 차이가 있음이다.

고개를 드니 안개 자욱한 강 위로 이름 모를 새들이 힘차게 날아올랐다 내려오는 비행을 하고 있다. 새들도 추락하는 강 위에서 추락하는 연습을 하고 있는 것이 아니라 서서 흐르는 강 앞에서 더 높이 날아오르는 연습을 하고 있는 것이다.

지금까지는 그냥 흐르는 강이었을지 모를 내 삶도 이만큼 세상을 살았으니 서서도 흐를 수 있는 강이 될 수 있지 않을까.

내 삶의 강도 서서 흐르는 강으로 멋진 폭포를 이뤄보고 싶다. 흐르다 서서 흐르다 다시 흘러가는 나이아가라 강가에서 나는 서서 흐르는 강, 폭포를 꿈꿔 본다. 《한국수필》, 2002. 7·8월호

우요일雨曜日

    어려서는 빨리 자라서 어른이 되고 싶었다. 그런데 막상 어른이 되고 점점 나이를 먹게 되자 오히려 어린아이로 돌아가고 싶어진다. 아이들이 들으면 웃을 일이지만 요즘 가만히 내 마음을 되짚어 보면 분명 그런 것 같다.

    오늘도 추적추적 비가 내리는 봄 밤길인데 차를 타려다 멈칫 서지더니 눈은 이내 내리는 비를 바라본다. 한데 마음은 이미 결정되어 버린 것 같다. 스며들 곳을 찾지 못해 낮은 곳으로 몰려가는 빗물들이 아스팔트길을 넘쳐 신발 키를 넘보는 정도까지 이르렀는데도 작은 우산 하나로 머리만을 간신히 가린 나는 벌써 발걸음을 옮기고 있었던 것이다. 여기서 집까지는 네 정거장 거리다.

    평상시 운동 삼아 걸어 다니는 빠른 걸음으로도 20여 분이 걸린다. 그런데도 내리는 비를 바라보는 눈길이 심상치 않더니 마음과 한통속이 되어 걸어가자고 짝짜꿍을 해버린 것이다. 가로등 불빛조차 내리는 빗줄기로 인해 제 기능을 다 발휘 못 하는 어스름의 거리, 바지가 젖고 구두에 물이 좀 들어간다기로서니 그게 뭐 그리 대수이던가. 마음을 정하니 기분도 한껏 밝아진다. 파인 곳에 고인 물도 겁내지 않고 성큼성큼 내딛는 발걸음은 내리는 비보다도 더 신이 나 있다.

나는 이렇게 비가 쏟아지는 날엔 차를 몰고 빗속을 달리길 좋아한다. 그냥 벗은 몸으로 빗속을 달리고라도 싶은 마음이 쏟아지는 빗속으로 차를 몰고 가면서 대리 만족을 느끼는지도 모른다. 사람들은 때로 일탈逸脫을 꿈꾼다. 다시 원래대로 돌아와 줄 수만 있다면 한 번쯤 완전히 망가져 보고 싶다는 생각도 한다. 틀에 박힌 듯 되풀이되는 일상 속에서 좀 비겁한 생각이긴 하지만 어떤 불가항력적인 힘이 나를 그 틀에서 잠시라도 벗어나게 해 주되 명예도 위신도 체면도 손상되지 않는 명분 있는 그런 일탈을 바란다.

어느새 구두 속에까지 물이 들어왔다. 바지는 이미 젖어버렸고, 윗도리도 다 젖었다. 갑자기 우산도 던져버리고 싶은 충동이 인다. 그러나 아직도 체면의 틀을 완전히 깨지는 못한 것 같다. 옆으로 차들이 지나간다. 차 안의 사람들은 이런 나를 보고 어떤 생각들을 할까? 고양이 한 마리가 어디서 나타났는지 쏜살같이 내 앞을 지나쳐 아파트 단지 안으로 들어간다. 녀석은 비를 피하는 것인가, 비를 즐기는 것인가. 흠뻑 젖어보고 싶다는 생각, 내 힘으로는 현재라는 틀을 깨트릴 수 없기에 어떤 저항할 수 없는 큰 힘이 나로 하여금 그 틀에서 벗어나게 해 주었으면 좋겠다는 바람, 나는 지금 나를 타락시키는 음모를 꾸미고 있는 셈이다.

중학교 1학년 때였던가. 뒷산 솔밭에 인접해 있는 우리 집에 또래들이 모였다. 억세게 비가 쏟아지는 한여름 밤. 우린 내리는 비를 바라보고 있다가 누가 먼저랄 것도 없이 훌훌 옷들을 벗어 던지고 맨발로 마당으로 뛰어내렸다.

　　발에 느껴지는 젖은 땅의 감촉, 그리고 쏟아지는 빗속에 온몸을 내맡긴 채 비와 하나가 되는 느낌, 우린 이내 집 뒤꼍 소나무 숲으로 내달렸다. 빗물 냄새에 섞인 솔향이 콧속으로 스며들고 나무와 나무 사이를 산짐승이라도 된 양 누비는 우리들은 이미 산과 나무와 비와 하나가 되어 있었다. 그런데 신기한 것은 그렇게 짙은 어둠 속이건만 나무들의 형체를 어렴풋이나마 느낄 수 있는 것이었다. 보여서가 아니었다. 그러나 아무도 나무에 부딪혀 상처를 입거나 걸려 넘어지지 않았다.

　　하나가 되었다는 것은 서로 걸리적대는 것이 없어졌다는 말이다. 우린 그렇게 빗속을 즐기다가 문득 출출하단 생각을 했다. 누군가의 입에서 "야! 고구마 서리하자!" 하는 말이 튀어나왔고, 우린 벌써 방향을 정해 저만큼 달려가고 있었다. 대답도, 목적지를 의논할 일도 없었다. 우린 아주 자연스럽게 늘 오가며 보았던 J네 밭으로 달려갔다.

　　아직 실한 고구마가 달릴 때가 아니다. 줄기는 그대로 놔둔 채 작은 둔덕을 손으로 파헤쳐 땅속의 실체를 확인하고 고것만 따내오는 것이다. 녀석들 고추만 하게 열린 고구마, 누군가 키들키들 웃기 시작했다. "야! 꼭 네 것만 하다!" 어둠 속의 목소리를 신호로 우리는 누구랄 것도 없이 또 한바탕 쿠쿠쿠쿠 웃어댔다. 별도로 손을 씻을 필요도 없는 우리는 그냥 내리는 빗속에서 고구마와 손을 함께 씻어 한 입씩 베물었다. 아직 여린 고구마의 속살이 입 속에서 으깨어져 맛을 내고 있었다. 한데 빗물 때문일까 고구마 맛이 왠지 짭질한 것 같다.

우리는 그렇게 빗속을 다시 뚫고 달려 도둑고양이처럼 살그머니 안방의 할아버지 할머니가 전혀 눈치채지 못하시게 조심스레 방으로 들어갔다. 그러고는 옷을 입을 생각도 않고 비에 젖은 맨몸으로 배를 깔고 모두 엎드려 쏟아지는 비를 바라보았다. 방에서 새 나간 불빛 속에서 빗줄기가 은어처럼 파닥대다가 힘에 부친 듯 떨어지고 있었다. 마당가 뽕나무와 감나무에 떨어지는 빗소리는 투두두두 투두두둑 대었고, 장독 위로 떨어지는 빗소리는 뚜두두둑 둔탁한 소리를 내었다. 가져온 고구마를 입에 넣고 씹어대며 우리는 다시 빗속으로 뛰어나가고 싶은 충동을 가까스로 참고 있는 중이었다.

내리는 비를 맞으며 우산을 던져버리고 싶은 마음이 되는 것도 어쩌면 그 옛날로 돌아가고 싶다는 바람일 것 같다. 사실 우리는 얼마나 많은 겹겹의 옷을 입고 있는가. 삶을 오래 살았다는 것은 그만큼 옷을 더 겹겹이 껴입었다는 것이 아닐까. 나를 감추기 위해서, 나를 보호하기 위해서, 나를 드러나게 하기 위해서 필요 이상으로 옷을 입고, 그래도 불안하여 또 껴입고 했던 것이 아닐까. 그러나 비가 오면, 비를 맞으면 그 모든 것은 젖기 마련이다. 비에 젖는 것은 겉옷이고 속옷이고 상관없다. 시간의 차이는 있을지언정 젖는 것은 안이고 겉이고 다 젖기 마련이다. 겉만 젖었을 뿐, 속은 젖지 않았다고 한들 이미 젖어버린 것을 어떡하랴. 그러나 사람들은 그것마저도 겉만 조금 젖었을 뿐이라고, 속은 젖지 않았다고 변명한다.

초등학교나 중학교 때의 친구를 만나면 마음이 편해지는 것도 이런 연유일 게다. 구태여 숨기고 감출 것이 없기 때문이다. 어린 날은 태생의 근본인데 그 근본을 서로 다 아는 마당에서 맨살을 부딪히며 멱을 감고, 참외 서리, 고구마 서리를 하던 사이에 새삼스레 무엇을 감추고 숨길 일이 있겠는가. 그러니 거기서 무슨 체면을 찾으랴. 그래 죽마고우는 영원한 친구가 될 수밖에 없는 것이리라. 그러나 어른이 되면서 젖는 것을 두려워했다. 아이들은 옷이 젖어도 상관 없어 하나 어른들은 옷이 젖는 걸 몹시 두려워한다.

아이들은 속옷이 젖을까 봐 걱정하나 어른들은 젖은 속옷을 입더라도 겉옷이 젖은 것은 숨기려 한다. 오늘은 우요일雨曜日, 내리는 비를 맞으며 옷만 아니라 온몸이 다 젖고, 마음까지도 젖고 싶다. 그렇게 일단 흠뻑 젖고 나면 조금만 비가 내려도 이내 속까지 스며들지 않겠는가. 느낌도 감정도 메말라 버린 내게 일주일 7일 중 한 날은 우요일로 하여 마음도 몸도 젖어보는 때를 누리고 싶다.

젖는다는 것은 나를 내놓는다는 것이리라. 자연과 하나가 된다는 말이리라. 가식과 위선을 벗고 순수로 돌아간다는 말이리라. 내 몸에 덕지덕지 붙어있는 교만과 아집의 때, 나를 두르고 있는 거짓스런 치장들을 훌훌 벗어버리고 저 어린 날처럼 빗속을 마구 달리고 싶다. 비를 맞는 것, 비에 젖는 것만으로도 마냥 즐거웠던 어린 날처럼 말이다. 《에세이문학》, 2002. 여름호 / 《2002년을 대표하는 문제수필》, 2003.

감자꽃 향기

오월 그리고 어머니

해마다 5월이면 편지를 쓴다. 처음엔 어머니께 썼었는데 요즈음은 나에게 쓰고 있다. 그러나 한 번도 부치지 못한 편지이다. 그렇지만 편지를 써서 봉함을 하고 나면 해야 될 큰일 하나를 해낸 것처럼 후련해지고 홀가분해진다. '임금님 귀는 당나귀 귀'라고 외치던 이발사처럼, 나 혼자서는 감당하기 어려운 비밀 하나를 해결하는 것처럼 그렇게 편지 한 통에 내 그리움과 안타까움과 답답함을 담아 봉해놓고 한 해를 살곤 했다. 그러고는 다시 오월이 오기 전 봉투째로 편지를 없애곤 했다.

그런 어느 날 이런 나의 행위가 졋내 나는 나약함으로 생각되고, 누군가 그런 나를 보고 있다면 쯧쯧 혀를 찰 것만 같다는 부끄럼이 일었다. 그러나 이미 버릇처럼 길들여진 나의 연례행사는 그렇게 간단히 그만두어질 일은 아니었다. 나는 대상을 바꾸기로 했다. 불혹의 나이를 넘기면서부터 나에게 편지를 쓰기 시작한 것이다. 그

것은 나에게로 돌아오기였다. 그때까지 잊고 있던 나, 정녕 나의 삶은 어디 있었던가, 비로소 나를 생각해 보게 되었다.

오월은 그렇게 어머니에게서 나에게로 왔다. 그러나 어머니를 떠난 것은 아니다. 나에게로 온다는 것, 나를 돌아보고, 나를 인정하고, 나를 확인한다는 것은 바로 어머니를 보다 더 확실히 찾는 방법이었다. 어쩌면 내게 오월은 건강한 오월이기보다 늘 심약한 오월, 외로움을 더욱 짙게 앓는 때였다. 그렇기에 더욱 어머니가 필요한 때였다. '놓친 열차는 아름답다'는 수필처럼 사람이란 그렇게 잃어버린 것에는 더 큰 애착을 갖는 것 같다.

내 안에는 어머니라는 나무가 한 그루 있다. 더 이상 자라지도 않는, 어린 세 살 눈망울에 이슬처럼 스며들었던 이름이다. 나는 항상 아이이고 어머니는 늙지도 젊어지지도 않는 한 모습으로 멈춰있었다.

그런데 수년 전 시화전에 참여할 때다. 지당 선생이 '어머니'라는 나의 시에 맞춰 그려준 어머니의 모습은 내 기억 속에 살아있던 어머니가 아니었다. 지금의 내 나이에 맞춰 그려진, 너무나도 많이 늙어버린 할머니 모습의 어머니였다. 한데 그게 그렇게 서운하고 슬플 수가 없었다. 내 안에 소중히 살아있던 어머니가 어디론가 사라져버린 것만 같았다.

난 어머니의 모습을 제대로 기억하지 못한다. 너무 어렸을 때 가신 어머니는 내가 막내이모의 등에 업혀서 보았던 오직 하나 꽃상

여의 기억에 나머지는 상상이었다. 그런데 오월이면 유난스레 어머니를 향한 그리움으로 병을 앓는다. 아이들이 빨간 카네이션을 만들 때 하얀 꽃을 만들었던 나는 오늘이 되도록까지 늘 아쉬움에 붙잡혀 있는 것이다. 아니 어머니가 사셨던 삶보다도 훨씬 많이 살아 버렸음에도 나는 여전히 어린아이인 것이다.

내게 오월은 초록 넘치는 생명과 성장의 계절이기보다 더 어려지게 하는 때 아닌 어리광을 부려보고 싶은 때요, 그래 어른인 나를 보는 것이 아니라 어머니라는 이름으로 아직도 어린아이인 나를 보게 한다.

인생은 5월처럼 건강해야 한다/ 5월의 산을 보라/ 청신한 녹색의 옷으로 단장한다/ 5월의 공기를 보라/ 엷은 우윳빛이다/ 5월의 나무를 보라/ 싱싱한 생명력이 약동한다/ 5월의 바람을 보라/ 훈훈한 향기가 배어 있다   - 안병욱 「인생의 오월처럼」 중

그런데 나는 그렇지 못하다. 그러고 보면 나뿐 아니라 요즘 사람들도 저마다 가슴 안에 작은 또 하나의 존재를 더 키우고 있는 것 같다. 그러다가 삶을 헤쳐 나갈 힘의 면역이 조금 약해지면 안에 있던 또 하나의 내가 슬며시 고개를 내미는 것이 아녔을까? 그러면서 긴긴날 동안 햇볕 못 본 식물처럼 여리디여리게 연명해 온 것이 아녔을까?

이제라도 오월에서 자유로워져야 할 것 같다. 아니 그만 어머니를 해방시켜 드려야겠다. 이젠 어머니 대신 아내와 자식들, 그리고 사랑해야 될 이웃들의 자리를 만들어 채우고, 내게 쓰던 편지도 그만두어야겠다. 현실에 충실하는 것, 그게 가장 바람직하다는 설득력을 갖게 해야겠다. 그래 5월이 누구나의 가슴에서도 사랑과 희망이 넘치는 햇빛 부신 달이 되게 해야겠다. 그러나 오월이 어머니를 더욱 생각나게 하는 것은 막을 수가 없으니 어이할까.

《수필시대》, 2006. 5·6월호 / 《2006년을 대표하는 문제수필》, 2007.

제3부

햇빛 마시기

그렝이발
- 내 삶의 여유 5푼

　살기가 힘들다고들 말한다. 무엇이 그렇게 힘드냐고 하면 딱히 이래서라고 얘기도 못 하면서 입에서는 연신 '힘들다'가 쏟아진다. 사람은 남이 하는 것은 다 쉬워 보이고, 내가 하는 것은 모두 힘든 것이라 한다. 그러면서 저마다 여유를 못 갖는다. 주위를 살펴본다거나 내가 가는 길에 대해 생각해 볼 참도 못 갖고 그저 열심히 나아가기만 한다. 그게 삶이라고 생각한다.

　어린 날 집 짓는 걸 구경하던 기억이 난다. 내게 가장 신기하고 재미있어 보였던 것은 목수가 나무나 돌에 먹줄을 '탁' 하고 튕기는 것이었다. '그레이자'라는 손수 만든 듯한 거북이나 새 모양의 먹물 통이었다. 그 입에는 실 끝에 못 같은 뾰족한 것이 달려있었고 그걸 잡아당기면 먹물을 머금은 실이 나왔는데 내가 보기에 모든 집짓기는 그 먹줄 튕기기가 시작으로 보였다. 나무를 켜는 것, 자르는 것도 먹줄을 튕긴 후에야 실행되었다.

햇빛 마시기

사실 우리 한옥 짓는 일은 그 용어부터가 참으로 아름답다. 마름질, 가심질, 바심질, 새김질, 굴림, 동바리 이음, 마구리, 후리기, 바데떼기, 모접이, 소매걷이, 쇠시리 등 무슨 말인지 잘 이해가 되지 않을 것 같은데 그래도 우리 것이란 느낌이 먹줄을 튕기는 것처럼 확 들어오는 말들이고 그래서인지 아주 낯설거나 어색하지가 않던 말들이었다. 내가 '그렝이질'이란 말에 호감이 간 것도 그런 연유에서일 것 같다.

그렝이질이야말로 집을 짓는 가장 기초적이면서도 중요한 일일 것이다. 그렝이질이란 그레이자를 이용해서 기둥이나 재목이 놓일 곳의 높낮이에 맞게 그려내는 일을 말한다. '그레'란 기둥이나 재목 따위를 그 놓일 자리에 꼭 맞도록 따 내기 위하여 바닥의 높낮이에 따라 그리는, 붓 노릇을 하는 물건이다. 이때 그렝이질 또는 그레질을 하려고 기둥뿌리를 오 푼쯤 더 길게 한 부분이 그렝이발인데 이것을 그렝이칼-그렝이질을 할 적에 쓰는 먹칼-로 그려서 깎아 없애는 것이 그렝이질이고 이때 쓰는 그렝이칼이 그렝이자 또는 그레이자이다.

우리 한옥을 보면 대개 주춧돌을 생긴 모습 그대로 놓고 거기에 맞춰 기둥 밑둥을 도려내어 밀착시킨 것들인데 돌의 생김새에 따라 그레질 칼로 기둥뿌리를 깎고 다듬어 돌에 맞추면 돌의 요철에 따라 기둥이 톱니처럼 서로 맞물린 듯이 되었다. 기둥과 주춧돌은 막중한 건물의 하중으로 인해 밀착되기 때문에 설혹 지진으로 흔들려 엇갈린다 하더라도 깎인 기둥뿌리의 요철에 따라 다시 제자리로 들어서는 것이다. 그렝이질은 이렇게 자연 그대로를 유지하여 돌이나 나무와 연합하는 작업이었다.

우리 삶도 그렝이질과 같지 않을까. 그러니까 우리식 건축처럼 우리 삶도 우리식으로 그렝이질을 하면 될 텐데 그렇지 않고 네모반듯한 주춧돌에 잘 다듬어진 기둥만을 올려놓으니 보기에는 좋지만 정작 조금의 충격만 받아도 큰 위태로움을 겪을 수밖에 없다. 그러나 그렝이질은 그렝이발이라는 여유를 확보하여 아름다움과 자연적인 안정성을 추구한다. 5푼쯤 되는 그렝이발의 여유야말로 안전하고 멋진 집을 짓는 첫걸음이다.

오늘 우리의 삶은 뭔지도 모르게 그저 급하고 쫓기는 것만 같다. 그래서 더욱 서두르게 되고 조급해지고 바쁘게 느껴진다. 삶의 여유란 주어지는 게 아니라 내가 만들어야만 하는 것일 게다. 바쁜 중에도 자신과 가족과 이웃을 위해 시간을 낼 줄도 알고, 내가 얼마큼 손해 보는 것 같더라도 때로는 양보하거나 포기할 줄 아는 마음이 오히려 자신을 여유롭게 하지 않던가.

우리 한옥을 보면 그런 여유로움을 만드는 배려가 참 많은 것 같다. 그것은 집짓기를 계획하면서부터 만들어진 여유로움일 것이다. 자연석 주춧돌을 놓되 그렝이발에 멋지게 그렝이질을 하여 돌의 나오고 들어감에 딱 맞게 맞춰 앉히는 절묘함이야말로 얼마나 아름다운 조화요 여유로움인가. 둘 다 번들거리게 잘라 깎아 맞닿게 했을 때의 낯선 섬뜩함과 차가움, 그것을 최대한 줄이면서 자연에 보다 자연스럽게 맞춰가는 우리의 건축법이 아닌가.

요즘 시대는 깎는 것보다 싹둑 잘라서 네모반듯하게 획일화하는 것을 좋아하지만 거기서 느껴지는 삭막함은 무엇으로도 채울 수 없다. 그렝이질을 하여 주춧돌과 기둥을 세우고 짓기 시작하는 집, 거기에 마름, 가심, 바심, 새김질 등 고유한 우리 손놀림이 따라붙고, 굴림, 동바리 이음, 마구리, 후리기, 바데떼기, 모접이, 소매걷이, 쇠시리 등 우리만의 솜씨가 부려지면 살면 살수록 진가를 알게 된다는 우리 한옥이 멋스럽게 태어나는 것처럼 우리 삶 또한 그러할 것이란 생각이다.

그렝이발은 보통 5푼쯤의 여유를 말한다. 삶의 여유 5푼, 이 얼마나 아름다운 모습일까. 시간으로 치면 5푼은 10분쯤 될까. 그 십 분의 여유를 삶 속에서 제대로 활용할 수 있다면 분명 훨씬 후회 없는 삶이 될 것 같다.

다시 새해다. 사랑만 하며 살기에도 모자랄 우리 삶의 시간들이다. 이럴 때 내가 그레이발이 되어준다면 어떻게 될까. 그레이질 되어 누군가와 함께 오늘이란 삶의 주춧돌이 되고 그 위에 얹히는 기둥이 된다면 세상은 한결 아름답고 안정되고 여유로운 삶이 펼쳐지지 않을까. 문제는 내가 선뜻 그렝이발이 되어 그렝이질을 당해줘야 하는 것일 텐데 그게 바로 사랑이 아닐까. 어렵고 힘든 때가 기회라지 않던가. 나도 내 삶의 여유 5푼을 찾고 싶다. 그래서 그 5푼의 효용가치를 이제라도 맘껏 발휘해 보고 싶다. 어린 날 받침돌의 파임에 맞춰 목수 아저씨가 다듬던 기둥 끝에서 나던 나무 냄새, 그 향내가 왜 지금 이렇게 생각나는 걸까. 《호주일보》, 2012. 8. 31.

누름돌

나이가 들어가면서 더욱 확실해지는 것이 있다. 앞서 세상을 사신 분들의 삶이 결코 나만 못한 분은 없다는 생각이다. 눈에 보이는 결과물로서가 아니다. 그분들이 살아왔던 삶의 날들은 분명 오늘의 나보다 훨씬 어려운 환경과 조건의 세상살이를 하셨다. 그런 속에서도 묵묵히 그 모든 어려움과 아픔을 감내하면서 자신의 몫을 아름답게 감당하셨던 것이다.

요즘의 나나 오늘의 상황을 살펴보아도 그분들보다 어렵다고는 할 수 없겠고, 특히 그분들이 처해 있던 시대는 지금에 비교도 할 수 없이 열악한 참으로 어렵고 힘든 시대였었다. 그럼에도 묵묵히 보다 좋은 세상을 바라면서 엄격하게 당신들 스스로를 절제하고 희생하셨다. 그분들의 어느 한 삶도 결코 오늘의 우리만 못할 수 없다.

그런데도 요즘 사람들은 저 잘났다는 표를 지나칠 만큼 서슴없이 해댄다. 향기도 지나치면 역겨움이 되지 않던가. 멋을 낸답시고 호화로운 옷에 최고급 승용차를 타고 다녀도 그런 모습이 부럽고 아름답게 보이기보단 거스르고 거들먹대는 모습으로 보인다. 그러나 무명 적삼 내지 무명 두루마기에 흰 고무신을 신은, 어린 눈에도 초라해 보이기까지 했던 앞 세대 어른들 모습은 지금에 생각해도 훨씬 더 아름답고 품위 있어 보이고 위엄 넘쳐 보인다.

강원도 정선엘 갔다. 다들 냇가로 나간다고 해서 나도 따라 나갔는데 그곳에서 수석壽石을 한다고 했다. 하지만 내 눈에는 아무리 봐도 그저 돌일 뿐이었다. 다들 의미를 부여한 돌 한두 개씩을 가져가는데도 나만 빈손이다가 문득 어린 날의 할머니 생각이 났다. 할머니께선 한 해에 한 번쯤은 부러 냇가에 나가서 납작 동글 손바닥만 한 돌멩이를 한두 개씩 주워오셨다. 그걸 무얼 하려느냐고 물으면 누름돌이라 했다.

누름돌, 나는 그때 그게 어떤 용도로 쓰이는지 알지 못했다. 그러나 나중에 그 용도를 알게 되면서부터 나도 학교에서 돌아오다 냇가에 들러 그런 돌을 주워다 드리면 할머니께선 매우 좋아하셨다. 그 어린 날이 생각나 뒤늦게 마음이 급해져 누름돌로 쓸 만한 것을 찾아보았다. 어쩌면 그건 순전히 할머니에 대한 그리움일 수도 있겠지만 내 삶에도 그런 누름돌이 필요하단 생각도 했을 것 같다.

누름돌은 모나지 않게 반들반들 잘 깎인 돌이어야 한다. 그걸 깨끗이 씻어 김치 수북한 김칫독에 올려놓으면 그 무게로 아주 서서히 내리누르며 숨을 죽여 김치 맛이 나게 해주는 돌이다. 그런가 하면 조금 작은 것은 때로 밭에서 돌아와 저녁을 지을 때 돌확에 담긴 보리쌀을 쓱쓱싹싹 갈아내는 돌이기도 했다. 그래서일까. 그 돌은 어두운 부엌에서도 금방 알아볼 만큼 빛이 났다. 밤낮 없는 할머니나 이모의 쓰임에 따라 더 닳고 손때가 묻어 반질반질해진 때문이었는지 모르지만 어쩌다 나도 손에 쥐어 보면 돌의 차가움이 아닌 왠지 모를 따스함이 감지되기도 했다.

요즘 내게 부쩍 그런 누름돌이나 돌확용 돌이 하나쯤 있었음 싶다는 생각이 들곤 한다. 뭔가 모를 것들에 그냥 마음이 들떠있고 바람 부는 대로 휘둘리는 키 큰 풀잎처럼 좀처럼 내 마음을 안정시키기가 어렵다. 이런 때 그런 누름돌 하나 가져다 독 안의 김치 꾹 눌러주듯 내 마음도 눌러주었으면 싶다. 거친 내 마음을 돌확에 넣고 확돌로 쉭쉭 갈아주었으면 좋겠다. 그래서 스쳐가는 말 한마디에도 쉽게 상처받고, 욕심내지 않아도 될 것에 주제넘은 욕심을 펴는 날카롭게 결로 깨진 돌 같은 감정들도 지그시 눌러주거나 갈아내 주었으면 싶다. 아니다. 그보다 짜고 맵고 너무나 차가워 시리기까지 한 김장독 안에서 보아주는 이 없어도 자신을 희생하며 곰삭은 김치 맛을 만들어내는 누름돌 같은 사람이 될 수는 없을까.

그렇게 생각해 보니 옛 어른들은 다 누름돌이거나 최소한 누름돌 하나씩 품고 사셨던 분들 같다. 누가 가르쳐주지도 누가 그렇게 하라고 안 해도 아주 자연스럽게 누름돌이 되었고, 또 상대를 자신의 누름돌로 인정도 해주었다. 내뻗치는 기운도 억누르고, 남의 드센 기운도 아름답게 받아 안는 희생과 사랑의 마음들이 서로 나눔으로 이해로 살아있었던 것 같다. 그렇기에 그 어려운 삶의 현장, 차마 견디어낼 수 없던 시대의 질곡에서도 아픔과 고통을 감내할 수 있었으리라.

우리 집엔 그때 내가 정선에서 가져온 누름돌이 단단히 한몫하고 있다. 베란다의 항아리 안에서일 때도 있고, 오이지를 담글 때도 곧잘 사용된다. 요즘이야 보리쌀을 갈아 밥 짓는 일은 없어졌으니 확돌이 될 일은 없겠지만 어쩌다 제 몫의 일이 없어 바닥에 놓여 있거나 항아리 뚜껑에 올라와 있어도 어린 날을 추억게 하면서 내 삶의 누름돌을 생각게 한다.

두 동강이 나버린 누름돌을 보시며 안타까워하시던 외할머니 모습도 생각난다. 단순히 못 쓰게 된 돌 하나가 아니었으리라. 웃자라는 욕심에도 성급한 마음에도, 서운함으로 파르르 떨리던 마음, 시집살이 고된 삶의 눈물도 누름돌을 씻으며 삭이던 친구 같은 존재였을 것이다. 그래 설운 마음 꾸욱 누르고 누르고 하셨던 그 마음이 담겨있었을 텐데 깨져버리자 마음이 찢기는 안타까움과 헤어짐의 슬픔을 느끼셨을 것이다.

내 나이도 이젠 들 만큼 들었는데도 팔딱거리는 성미며 여기저기 불쑥불쑥 나서는 당돌함을 다스리지 못하고 있다. 누름돌이 없어서일까. 이제라도 그런 내 못된 성질을 꾹 눌러 놓을 수 있도록 누름돌 하나 잘 닦아 가슴에 품어야겠다. 그게 나뿐이랴. 부부간에도 서로 누름돌이 되어주는 것이 좋겠고, 부모 자식 간이나 친구 간에도 그렇게만 된다면 세상도 훨씬 더 밝아지고 마음 편하게 되지 않을까. 김장을 처가에서 해와서인지, 김치 냉장고 때문인지 지난겨울 내내 베란다 바닥에 누름돌이 하릴없이 놓여있었다. 나도 그게 특별히 쓰일 데가 없어 그냥 본체만체했다. 그러나 내일은 마침 집에 있게 되니 아내 몰래 저 두 개의 돌을 깨끗이 씻어 뚜껑 덮인 항아리 위에라도 올려놓아야겠다. 그걸 보며 왠지 모르게 들떠있는 내 마음도 꾹 누르면서 말이다. 아니다. 그러기도 전에 정성껏 김장독에 올려놓던 할머니 모습이 먼저 그리워질지도 모르겠다.

월간 《수필과비평》, 2012. 9. / 《한국현대수필5인선》, 2014.

햇빛 마시기

어루만지기

　우리 집엔 25년이 넘은 장난감 두 개가 두 번째의 주인을 맞아 놀고 있다. 하나는 오똑한 빨간 코에 까만 눈 그리고 커다란 빨간 귀에 목에는 땡땡이 빨간 나비넥타이를 한 뚱뚱이 오뚝이이고, 하나는 나무를 깎아 만든 네 바퀴의 목각 자동차이다.

　둘 다 선물로 받은 것들이다. 원래는 지금 미국에 가 있는, 얼마 전 딸을 낳아 이젠 아빠가 된 아들아이의 장난감이었다. 오뚝이는 제 이모들 중 누군가가 돌 무렵쯤 사다 준 것 같고, 자동차는 제 큰아빠가 다섯 살 때쯤 독일에서 사다 준 것이다.

　워낙 아이는 차를 좋아하여 겨우 말을 배울 즘부터 제가 좋아하는 차만 지나가도 마구 소리를 지르곤 했다. 다섯 살쯤 되자 차종을 거의 완벽하게 구별했는데 자동차 회사 부사장이던 제 큰아빠가 그걸 보고 차 좋아하는 조카를 위해 사다 준 선물이었다.

　사실 집에는 크고 작은 장난감 차들이 많았는데 아이는 유독 이 나무 차를 좋아했다. 그러니 목각 차는 25년은 되었고, 오뚝이는

28년쯤 된 것 같다.

차는 아들아이가 커서도 제 방 책상 위에 다른 차들과 함께 올려놓았던 것이다. 하지만 오뚝이는 재건축으로 지난해 이사를 하는데 안 쓰는 물건들 속에 섞여있던 것을 꺼내 놓았었다. 한데 그것을 이렇게 조카 곧 제 누이의 딸이 갖고 놀게 된 것이다.

사랑은 서로를 어루만지며 자라고 변한다고 한다. 아이가 갖고 놀던 이 두 개의 장난감 또한 아들아이가 어루만지며 사랑을 주고 사랑을 받으며 이날에 이른 것이니 예사 물건이랄 수 없다. 그걸 제 조카가 갖고 놀고 있으니 아이의 사랑도 내리사랑으로 전해질 법하다.

너무 어루만져서 반질반질 윤기가 나는 목각 자동차는 세월의 연륜만큼이나 정스런 물건이다. 전혀 유행을 타지 않는 오뚝이 인형 또한 별 흠집도 없이 어린 날을 기억게 한다. 사랑은 손끝에서 나와 그가 만지는 만큼 사랑을 묻혀주고 그렇게 닫혔던 마음도 열고 속 깊이 스며있던 묵은 상처도 녹여준다고 한다.

그래서일까. 요즘 젊은이들을 보면 그냥 바라보지를 못한다. 아무 데서나 그저 만지고 껴안는다. 우리 세대에선 감히 상상도 못 할 일들이었다. 그런데 아들아이가 갖고 놀던 두 개의 장난감을 손녀에게 넘겨주니 아기는 그걸 만지고 가슴에 품고 입으로 뽀뽀를 한다. 삼십여 년의 세월 간격을 훌쩍 뛰어넘어 사랑 나누기를 하고 있다. 그걸 본 아내가 합세하니 여인 삼대가 장난감 하나를 사이에 두고 세월의 날줄과 씨줄을 엮어 추억을 나눈다.

햇빛 마시기

삶은 보듬기이고 사랑은 나누기란다. 아니다. 삶도 나누기고 사랑도 보듬기다. 그런데 나는 보듬기도 나누기도 제대로 한 것 같지 않으니 사람도 사랑도 점수 미달인 셈이다. 지금에도 여전히 보듬기도 서툴고 나누기도 서툰 것을 보면 안다. 그렇다고 이제 와서 그걸 새로 배우기라도 하랴.

요즘 젊은이들은 가르쳐 주지도 않았는데도 보듬기도 어루만지기도 잘만 하는데 나는 지금에야 한번 해보자, 하고 아내에게 시도를 했더니 그게 어찌나 어색하고 낯간지럽던지 한번 제대로 해보지도 못하고 만다. 우리 세대란 그렇게 바라볼 뿐이어야 오히려 자연스러운 것 같다.

아기가 오뚝이를 갖고 노느라 한쪽에 밀쳐진 목각 차를 손에 쥐니 옛날 아들 녀석의 어릴 적 모습이 그냥 눈에 선해진다. 세월이 어느새 이리 많이 흘러버렸나. 조금 전에 화상통화로 미국의 손녀까지도 본 터이지만 목각 차를 손에 들고 보니 아기도 아기지만 아들과 며느리가 또 보고 싶다.

그런 내 마음이어서일까. 나도 몰래 언제부터인지 목각 차를 어루만지고 있었다. 그 반질반질한 촉감이 아들아이의 어릴 적 보드라운 살을 만지던 것처럼 기분 좋게 느껴진다.

삶도 어루만지기로 살고 사랑도 어루만지기로 할 일이다. 그걸 이제야 깨닫나 보다. 《월간문학》, 2009. 12월호

햇빛 마시기

"마셔 보세요!" K 원장이 내놓은 것은 투명한 유리잔이었다. 묵직했다. 그러나 무얼 마시라는 걸까. 유리컵 안엔 아무것도 담겨있지 않았다. "마셔보세요!" 다시 독촉을 해왔다. "오전에 제가 한 번 마셨으니 가득 차 있지 않을지도 몰라요."

컵을 입으로 가져가 '훅' 하고 들이마셔 봤다. 향긋한 냄새가 나는 것 같기도 하고 그렇지 않은 것도 같았다. "햇빛이에요." 그녀의 설명이었다.

내가 지금 마신 건 창가에 쏟아지는 햇빛을 받아둔 것이란다. 좀 맹랑하단 생각이 들면서도 그럴 수도 있겠다 싶었다. 재미있다는 생각도 들었다. 햇빛을 내 속으로 들여보내준다? 그러면 내 속에선 어떻게 반응할까. 갑자기 들어온, 아니 한 번도 보지도 느껴보지도 못했던 한 밝음이 어둠 속의 그들에게 순간적으로 다가갔을 때 어떤 반응을 보였을까.

그는 산부인과병원 원장이다. 표정으로 보아도 전혀 장난을 하고 있는 것 같진 않다. 그는 매일 그렇게 햇빛을 받아 마신다고 했다. 순간 내가 마셔버렸던 유리컵을 다시 바라보았다. 컵은 다시 창가의 제자리로 가 있었지만 해가 없어졌으니 햇빛도 없다. 그런데도 유리컵에 내가 채 마시지 못했던 몇 개의 햇빛 알갱이들이 남아 보석가루처럼 빛나고 있는 것같이 느껴졌다. 그렇고 보면 햇빛도 포근히 안기거나 한곳에 담겨 쉬고 싶을 수도 있겠다.

태양에서 발산된 빛이 대기 속을 뚫고 내려와 발견한 한 작은 공간, 거기 갇힌다기보다는 빠져든 순간, 지금까지 느껴보지 못했던 이상한 기분을 느끼지 않았을까. 그건 어머니의 품속같이 안온할 수도 있고 태양으로부터 보내지던 순간의 보드랍고 따스한 느낌일 수도 있다. 그 먼 거리를 달려와 이른 곳이 고작 작은 컵 속이라는 것이 화가 날 법도 하지만 땅으로 스며들어 버리는 수많은 동료들을 보면서 그나마 그들과는 다른 곳에 이른다는 것에 안도하면서 다른 세계에 대한 호기심이 일어날 수도 있겠다.

태양에서 지구까지의 거리는 일억 오천만 킬로미터, 빛은 초당 삼십만 킬로를 가니 태양에서 발산된 빛이 이곳에 닿는 데까진 약8분20초가 걸린 셈이다. 그렇다고 그 거리가 짧다는 것이 아니다. 만일 빛이 아니라 다른 방법이었다면 어떨까. 로켓이라면 5개월을 가야 하는 거리요, 비행기라면 17년, 소리였다고 하면 15년이고, 새마을호 기차라면 114년, 걸어서는 4,270년이나 걸리는 거리다.

내가 그런 엉뚱한 생각을 하고 있는데 "맛이 어때요?" 그녀가 다시 물어왔다. "글쎄요. 향긋한 것 같기도 하고…." 내가 얼버무리자 마음이 상대에게로 가는 데는 0.5초라더니 내 마음을 읽기라도 했는지 "맛은 없을 거예요." 해 버린다. 그의 말은 참 사무적인데도 싫진 않다. 사실 여기 무슨 장황한 설명이 필요하겠는가.

어느 날 진료를 하다 물을 마신 컵을 마땅히 치울 곳도 없어 창가에 놔뒀다. 그런데 햇빛이 창 안 깊숙이까지 들어오고 있었다. 그 햇빛이 창가의 컵으로 쏟아져 내리는 것도 보였다. 순간 햇빛이 컵에 담기고 있다는 생각이 들었다. 보석가루 같은 빛의 알갱이, 하나님의 선물이 지금 컵에 담기고 있는 것 같았다.

조심스럽게 컵을 들어 주욱 들이마셔 봤다. 가슴이 환해지는 것 같았다. 갑자기 빛이 들어간 가슴속에서 반가운 악수 소리가 막 들려오는 것 같았다. '그래 바깥 나라는 어떠니?' 서로 묻고 답하는 소리도 들려오는 듯했다. 그는 그렇게 햇빛받이 컵을 창가에 계속 놓아두게 되었을 수 있고 그렇게 해서 매일 햇빛을 받아 마시게 되었을 수 있다. 어쩌면 나도 그랬을 수 있다. 내가 전혀 부정적이 안 되는 것도 그와 같은 생각을 일찍부터 하고 있었을 수 있다. 아니더라도 그의 생각이 터무니없는 것이 아니라 이론적으로 가능한 데다 거기에 내가 공감한다는 사실이다.

세상은 보이는 것, 손에 잡히는 것에만 '있다'라고 말한다. 그러나 보이지 않는 것, 잡히지 않는 것이 더 많은 것이 세상이다. 정작 우리가 볼 수 있는 것은 얼마나 되는가. 아주 큰 것도 작은 것도, 아주 먼 곳도 가까운 곳도 볼 수 없는 게 우리 눈이고 들을 수 없는 게 우리 귀다. 공기나 햇빛, 바람의 냄새도 맡을 수 없고 보지도 못한다. 그러나 있다는 것은 인정한다. 문득 K 원장이 내게 햇빛이라며 마셔보라고 한 건 보이지 않는 것도 보라는 특별한 마음 씀같이 생각이 되었다.

햇빛 마시기, 참 그럴싸한 생각이지 않은가. 내 안의 어두움을 밝혀줄 기회요, 엄청난 살균력이 있다는 햇빛이니 그게 또 내 안 깊숙이 들어가면 거기 있으면 안 될 것들이 순식간에 괴멸되는 최고 유익의 기회를 만들 수도 있지 않을까. 그리고 보니 모든 생명체가 살아가기 위해선 가장 필요한 게 햇빛이었는데 나는 그걸 너무 모르는 체하고 살아오지 않았나 싶다.

너무 큰 은혜나 사랑에는 고마워할 줄도 미처 깨닫지도 못하고 사는 게 사람이란다. 그런 면에서 K 원장이 더욱 고맙다. 그 고마움의 마음 표시로라도 나도 당장 내 방 창가에 가장 투명한 컵 하나를 놓아두어야겠다. 그리고 거기 담긴 햇빛을 소중히 내 속 깊이로 들여보내 주리라. 그것이 어떤 상징적인 의미밖에 되지 않을지라도 내 삶 속엔 아주 작게라도 소중한 변화의 바람이 일어날 것 같다. 어쩌면 내 마음도 한결 깨끗해지고 생각도 정신도 맑아질 것이다.

햇빛 마시기는 내 안으로 햇빛 들여보내기다. 바깥세상을 안 세상으로 들여보내기다. 생각의 전환이다. 마실 수 있는 것의 영역 확

대다. 새롭게 보기다. 내 안에 자리하고 있던 아름답지 못하거나 바르지 못한 생각과 마음들이 들여보내진 햇빛으로 하여 씻기고 닦이고 다듬어지는 소리가 들려오는 것 같다.

컵을 준비하러 가는 내 마음도 창가의 햇빛보다 더 밝아진다. 내 안으로 햇빛 들여보내기, 내 안이 밝아지게 되면 세상도 조금 더 밝아질 게다. 내 안의 어둠이 걷히면 거기 새로운 희망의 싹들이 마구 피어날 것 같다. 계간 《해동문학》, 2012. 여름호/ 중학교 교과서 국어1, 2011.

응시 凝視

K 교수가 e메일로 동영상을 하나 보내왔다. 제목이 감동의 동영상이라 되어 있다. 궁금했다. 얼마나 감동적이기에 감동이란 수식어까지 붙었을까.

파일을 열었다. 젊은 청년이 화면에 나온다. 노래를 부르는 무대다. 그런데 노래를 하기 전에 심사위원이 질문을 한다. 그의 대답이 놀랍다. 아니 너무 슬프고 안타까워 들을 수가 없다. 요즘 같은 때에도 저렇게 어려움을 겪고 산 젊은이가 있었다는 것이 믿어지지가 않았다. 심사위원도 방청석의 사람들도 나도 그의 아픔 절망 슬픔에 전염이 되어 눈물을 쏟았다. 정작 그는 울지 않는데 그를 보는 모두는 하나같이 울고 있다. 그가 노래를 한다. 첫 일성이 터지는 순간 사람들은 경악하고 전율한다. 그의 목소리를 들으며 사람들은 폭포수처럼 감동의 눈물을 흘린다. 사람의 소리라 여겨질 수 없는 그의 목소리에 정신을 놓고 만다.

감동엔 강요가 있을 수 없다. 가장 자연스러운 것이 감동이다. 너무도 놀라워 난 여러 명의 지인들에게 이 영상을 전달했다. 혼자 보기가 아까워서다. 벌써 오래전에 한 바퀴 다 돌았다는 영상을 난 이제야 보면서 다시 본다 해도 다들 나와 같은 감동을 받으리라는 생각으로.

지난주 강의 중에 '응시凝視'에 대해 얘길 했었다. 응시란 사전적 해석으론 '눈길을 모아 한곳을 똑바로 바라봄'이다. 더 지식적으로는 '안구의 초점이 대상이나 장면에 고정되는 것으로 수 초간 지속되는 이 고정시간 동안 관찰자는 자극에 대한 정보를 얻는다.'고 되어있다.

그러고 보니 근래 들어 나는 무엇에도 제대로 응시를 해 본 적이 없는 것 같다. 한곳에 눈길을 모은다는 것, 한곳을 똑바로 바라본다는 것은 지극한 애정이요 관심이다. 한데 내 눈은 한순간도 한곳에 집중하기보다 여러 가지를 동시에 좇으며 여러 개에 관심을 가졌다. 그러는 것이 더 자연스럽다. 한곳을 바라보는 것에는 오히려 어색해한다. 그러다 보니 한 가지에 몰두하여 나아가질 못한다. 아니 몰두할 수도 없는 상황이다. 그러면서 결과에는 아주 민감하고 급급해한다. 여기 찔끔 저기 찔끔 얼굴만 내밀면서 나를 기억해 주길 바란다. 물론 한곳을 바라본다고 다 한 마음일 수는 없다. 바라보는 방향은 같아도 바라보는 대상은 다를 수 있다. 한곳을 바라본다고 다 같은 곳을 보고 있다고 생각하는 것 자체가 착각일 수 있다.

햇빛 마시기

그런데 내가 받은 동영상을 보면서 어쩌면 저리도 많은 사람들이 그의 눈을, 눈빛을, 그의 입을 바라보며 한 가지 마음을 가질 수 있는지 놀라웠다. 하나같이 손을 눈에 대고 눈물을 닦아내고 있다. 그의 입을 통해 터져 나온 목소리가 한순간 그를 바라보고 있는 모든 이들의 눈뿐 아니라 가슴까지 사로잡아 버렸다. 한 심사위원은 심사평에서 그냥 끌어안아 주고 싶다고 했다. 어쩌면 가장 진실하고 숨김없는 심경의 표출일 것 같다. 언제 한 번쯤이라도 연탄재처럼 뜨거워져 본 적이 있느냐던 시인의 시구가 생각난다. 그의 열정만큼 바라보는 눈길들의 뜨거움도 느껴졌다.

우린 바라보는 것에 참 인색하다. 대충 보고 지나치곤 한다. 그렇게 지나치니 그곳에 무엇이 있었는지를 기억하지 못한다. 관심이 없다. 그러니 집중하지도 집중할 수도 없다. 그렇기에 그가 내게 하려는 말, 하는 말을 듣는다는 건 더더욱 불가능하다.

언젠가 혼자서 ㅈ 공원엘 갔었다. 작은 내가 흐르는 것이 보이는 벤치에 앉아 흘러가는 물을 보고 있는데 갑자기 물의 양이 불어나는 것 같더니 유속도 빨라졌다. 이상하다 생각하며 하늘을 올려다봤지만 특별히 달라진 것은 보이지 않았다. 그런데 왜 갑자기 물이 불어난 걸까. 조금 지나자 물의 빛깔도 달라졌다. 맑은 물이던 것이 많이 탁해졌다. 그러고 보니 나무에 가려진 조금 멀리의 하늘빛은 이곳과 같지 않았다. 그렇다면 저 상류 쪽 어디에선가 소나기라도 내린 것일까. 몸의 대부분을 건방져 보일 만큼 위로 내놓고 있던 물가 식물들이 갑자기 불어난 물에 반쯤은 잠겼다. 하지만 바로 옆에서 놀고 있는 가족인 듯한 사람들은 이런 변화를 전혀 눈치채지 못한 것 같다. 흘러가는 물을 바라보고 있던 나에게만 보이던 이 변화, 삶도 어쩌면 이렇지 않을까 싶다. 같은 곳에서 일어난 상황이라도 누구는 그걸 느끼고 누구는 전혀 알지 못하고 넘어갈 수 있다는 것, 보지 않으면 보이지도 않는다는 말처럼 얼마나 관심을 갖느냐에 따라 볼 수도 못 볼 수도 있음일 것 같다.

눈길을 모아 한곳을 똑바로 바라본다는 것은 사랑의 눈으로 본다는 말이다. 사랑은 관심이고 집중이다. 그래서 볼 수 있다. 아니 보인다.

노래하는 젊은 청년, 그 목소리가 너무나 아름다워 눈물이 날 지경이지만 그가 살아온 삶의 슬픔과 아픔과 고통은 그의 말을 듣지 않았으면 몰랐을 것이다. 그에 대해서 알고 노래를 들으니 그가 그렇게 열정적으로 절실하게 노래를 부른 이유를 알 것 같았다. 아니 그렇게 열정적으로 노래를 부르지 않으면 안 될 그를 알게 되었다고 할까.

그를 바라보던 수많은 눈들, 그것은 그냥 바라봄이 아니었다. 따뜻한 응시였다. 잘해야 할 텐데, 꼭 잘해야 해, 잘하지 않으면 안 돼, 수많은 눈들이 그를 향해 따뜻한 성원을 집중적으로 보내고 있었다. 그것은 기도였다. 이뤄지지 않을 수 없는 기도, 그를 향한 수많은 눈길들이 그를 향해 보내는 뜨거운 성원이었다. 그때 공원의 작은 내에서 조용히 일어나고 있는 변화를 보면서 내가 깊은 관심으로 보지 않아 지나쳐버렸을 수 있는 수많은 변화들에게 너무 미안했다. 갑작스런 물살에 꺾여 떠내려가는 작은 나뭇가지 하나를 건져내어 들고 그게 나인 양 아니 내가 눈여겨 봐 주지 않아 그렇게 된 것 같아 한참이나 바라보았었다.

K 교수가 보내준 영상은 끝났건만 그를 향하여 모이던 눈빛들은 내 눈앞에서 사라지지 않았다. 나는 어느 누구에게 얼마나 이런 진심으로 사랑의 눈길을 주어본 적이 있는가. 얼마나 진실하게 누군가를 바라봐 준 적이 있는가. 나 자신에게도 이웃에게도 진심 담긴 눈길로 바라보며 따뜻한 마음을 갖는 것이 이 세상을 따뜻하게 하는 것이라는 것을 알지 못했던 것 같다. 젊은이를 향해 보내주던 눈길들이 그의 작은 키를 두 배나 크게 보이게 했다. 그만큼 나는 작아지고 있었다. 그런데 오늘도 나를 주시하고 있는 이 따뜻한 눈빛은 무엇인가. 《월간문학》, 2014. 3월호

낮빛

해가 지고 있다. 하늘이 치잣빛이다. 누구의 붉게 타는 마음일까, 부끄럼에 붉힌 얼굴인가. 지는 해도 속마음을 저리 붉은 낯빛으로 나타내는가.

성공한 사람들은 자기 속마음을 쉽게 나타내지 않는다고 한다. 그만큼 각양의 사람들 속에서 살아가려면 자기를 약간은 비밀스럽고 신비로운 존재로 남겨두어야 한다는 말일 것이다. 그러나 나는 전혀 그렇지 못하다. 물론 지금 이 나이에 새삼 성공해야 할 그 무엇이 있는 것도 아니지만 그럼에도 가끔은 낯빛 때문에 손해 볼 때가 생기는 것이 사실이다. 나는 마음이 조금이라도 불편하거나 싫으면 전혀 여과 없이 순간적으로 얼굴에 그대로 나타나버린다. 그러니 거짓말 탐지기가 아니어도 얼굴빛만으로도 평생 거짓말은 할 수가 없다.

표정 관리라는 말이 있다. 서비스업에서는 가장 기본이 될 수 있다. 하지만 그렇게 쉬운 일만도 아닌 것 같다. 사람의 몸에는 178개의 근육이 있는데 그중 50개가 안면에 몰려 있다고 한다. 그만큼 얼굴 표정이 다양해질 수 있다는 것인데도 사람들은 그런 근육의 극히 일부만을 사용할 뿐이란다. 해서 일본에선 훈련을 통해 그렇게 사용되지 않는 근육들을 살려내어 항공사의 스튜어디스나 서비스 종사자들의 교육에서 큰 효과를 본다고 한다.

표정이라고 하니 낯설고 딱딱한 느낌이 들지만 순수한 우리말로는 '낯빛'이다. 하지만 표정이 마음의 정을 겉으로 나타낸다는 뜻이라면 낯빛은 오히려 드러내려 하지 않고 숨기려 할 때 나타나는 표정이 아닐까 싶다.

자고로 우리 민족은 자기감정을 겉으로 쉽게 드러내지 않으려 애썼다. 그러다 보니 안으로 숨긴 표정이 나타나버리는 내색을 살피게 되었다.

나는 요즘 여러 가지 증상으로 건강상 어려움을 겪고 있다. 한데 오랜만에 만난 사람들마다 인사가 다르다. 얼굴이 좋아졌다는 사람도 있고 얼굴이 왜 그러느냐는 사람도 있다. 안색이 좋아졌네요, 하는 사람도 있고 안색이 안 좋아 보이는데 어디 아픈 것 아니냐고 하는 이도 있다. 묻는 물음 따라 묘한 기분이 든다. 안색이나 낯빛이나 같은 말인데도 안색이라 말하면 병색으로 들려 별로 기분이 좋지 않지만 낯빛이라 하면 그런 기분이 들지 않는다.

배우는 낯빛을 가장 잘 그려내고 많이 활용하는 사람일 것이다.

엄청 슬플 때도 관객을 위해서는 웃는 표정을 지어내고 우스우면서도 눈물을 지어야 하는 배우야말로 낯빛의 예술가다. 하지만 웃는 표정도 슬픈 감정도 우습거나 눈물 나는 마음도 안으로 숨기듯 속에서부터 나타내어질 때 배우의 연기력도 돋보일 것이다.

송강 정철의 〈속미인곡〉에 '반기시는 낯빛이 예와 어찌 다르신고'라는 구절은 표정관을 참으로 섬세하고 절절하게 구사한 표현이라 생각된다. 겉으로 나타난 표정이 아니라 숨긴 표정 곧 속 표정이다. 창틈으로 어렴풋이 새어나오는 불빛처럼 숨기려 하는 데도 어쩔 수 없이 배어나는 저 안의 깊은 속내이다. 반기고는 있지만 전과 어딘가 다른 속내를 읽고 만 것이다.

어느새 내 나이 고희를 바라본다. 그럼에도 나는 여전히 표정 하나 제대로 관리하지 못해 아내에게나 아이들에게 속마음을 곧잘 들키곤 한다. 해서 누구에게든 기분 그대로 숨기지 못하고 다 보여 버리는 내 낯빛이 때로 원망스러운 때도 있다. 하지만 좋은 내색이건 나쁜 내색이건 굳이 감추려 한다는 것 또한 문제가 아닐까. 일본인들이 그런 면에서 뛰어나고 정치인들이 그런 관리를 잘한다지만 이 나이의 나까지 그래야 할 필요는 없을 것 같다. 그러나 숨기려 해도 나타나버리는 힘든 내 몸의 상태까지는 어떡할 수도 없는 것 같다. 거짓 없이 얼굴에 나타나 버리는 내 안의 힘겨움들, 어쩌면 그것들도 진실인즉 굳이 거부할 것도 없잖을까.

아내가 운동을 하러 나가자고 한다. 하지만 지금의 내 몸이나 마음은 집에서 그냥 쉬고 싶다. 그런 내 마음은 벌써 얼굴에 나타났을 것이고 아내는 그런 내 낯빛으로 내 마음을 읽었을 것이다. 그래도 내 건강 생각해서 그러는 아내이니 애써 그렇지 않은 것처럼 표정 관리를 해 본다. 하나 어이하랴. 카메라 앞에서 어색하게 포즈를 취할 때처럼 50여 개의 안면근육 중 한두 개를 그것도 억지로 조금 움직이는 것으로 무엇을 어찌해 보겠다는 것인가. 모자를 푹 눌러쓴다. 그리고 현관을 나선다. 40년을 같이 살아온 아내인데 그런다고 모르고 넘어가 줄까. 분명 그냥 드러누워 쉬고 싶다는 내 마음과 그것을 애써 아닌 양 하는 내 낯빛을 아내는 벌써 알아채고 있으면서도 모르는 척할 것이다. 그런 아내의 낯빛을 나도 읽는다. 그러고 보니 때론 알고도 모른 척해주는 것 또한 삶의 지혜요 예의가 아닐까 싶기도 하다. 신발을 신으며 거울에 비친 내 얼굴을 본다. 분명 내 낯빛엔 '그냥 집에서 쉬고 싶은데' 그렇게 씌어져 있다. 저 멀리 지는 해가 이젠 검은빛으로 변하고 있다. 《에세이21》, 2016. 겨울호

문門

열렸다·또 열렸다·그리고 닫혔다·또 닫혔다.

육중한 이중의 문門이다. 세상의 모든 움직임이 아주 짧은 한순간 멈췄다가 돌아간다. 숨을 멈춰본다. 조금씩 아주 조금씩 다시 느껴지는 세상의 움직임. 나도 다시 숨을 내쉰다.

여러 번을 왔던 곳이건만 오늘도 이곳엔 계절과 관계없이 두려움과 절망들이 오돌오돌 떨며 서 있다. 아니라고 그렇지 않다는 몸짓을 해대고는 있지만 느껴지는 차가운 눈길들로 인해 생명 있는 것들은 모두 추위를 타는 것 같다. 적막, 고요, 바람조차 느껴지지 않는 무중력의 공간, 아주 미미한, 무언가 있다고 느껴지기만 할 정도의 기운들이 공간을 부유한다. 그 속에서 신의 힘으로 느껴지는 기운과 인간의 힘으로 느껴지는 기운이 서로 부둥키며 붉은 구멍 같은 통로를 만들어내고 있다. 사람들이 등을 보이고 떠나버린 자리, 검은 상복의 두 여자가 소리도 없이 닫혀버린 문을 멍하니 바라보

햇빛 마시기

고 있고 한 남자가 두 여자의 등을 밀며 그 자리를 벗어나자 하고 있다.

동갑내기가 세상을 떠났다. 2년여의 암 투병을 했다. 투병이라기보단 2년 전에 이미 두 손을 들고 항복을 해버린 터였고 고통만이라도 없게 해달라고 한시도 쉬지 않고 빌었다. 그런 그를 바라보는 아내와 가족들도 그의 앞에 열려있는 문을 보았다. 그러나 빠끔히 열려있는 그 문을 함부로 닫거나 활짝 열어버릴 수도 없는 노릇이었기도 하지만 그곳까지는 누구의 손도 미치지가 않았다.

때가 되어 그가 들어갈 만큼만 열려야 했고 그가 그곳까지 이를 수 있도록 빨아들이는 힘이 있어줘야 했다. 그렇게 2년을 기다림 아닌 기다림으로 보낸 끝에야 소리 없이 문이 열렸고 그의 몸만 남긴 채 영혼만 그 문을 통과해 나갔다. 사람들은 그의 영혼이 떠나버린 빈 몸만 붙들고 경건한 의식에 들어갔다.

아주 정중하고 엄숙하게 영혼이 떠나버린 그의 몸을 한 줌 재로 만들어 줄 전권대사가 인사를 했다. 유족에게인지 그가 맡아 해야 할 시신인지 가늠이 잘 되지 않는 방향으로 몸을 굽히고 인사를 한 후 뒤돌아 문을 향해 내 동갑내기가 든 마지막 집을 통째 밀었다. 그리고 그가 안으로 들어가자 육중한 문이 소리도 없이 닫혔다. 세상과의 차단, 아니 이 세상과는 다시 연결될 수 없는 넓은 강으로 통하는 문이었다. 가족들이 오열했다. 모든 것이 끝났다는, 아니 그와 연결되어 있던 모든 관계가 끝이 났다는 통보였다.

친구가 들어간 문을 멀거니 바라보다가 얼마쯤 후엔 아무런 일도 없었다는 듯 또 열리고 닫힐 거라는 생각을 하니 그건 그의 전용 문도 아니란 생각이 들면서 나도 몰래 눈길이 옮겨져 버렸다. 그렇다면 산다는 것도 수없이 많은 문을 들고 나는 것들이지 않을까. 바라보이는 저 문만 들어가면 내가 바라는 것이 있을 것 같고, 그 문만 통과하면 모든 고생이 끝날 것 같은 그런 기대와 바람들도 문 때문에 갖게 된다는 생각이 들었다. 그렇다면 친구에게 저 문은 정말 다시 열 수도 열리지도 않을 마지막 문일까. 친구를 향해 열려있던 수많은 세상의 문들이 저 문 하나 닫았다고 다 닫혀버릴까.

　얼마 전 방송에서 희귀직종 유망 직업을 소개하는데 사이버장의사란 게 있었다. 사람이 죽어도 남아있는, 살아있을 때 세상과 연결하고 있던 수많은 고리나 줄들을 끊어주는 직업이라고 했다. 은행 관련에서부터 각종 사이버상의 카페며 블로그나 사진 등을 비롯하여 영상들이 자신도 알지 못하는 사이에 많이 퍼져 있는데 그걸 정리해 주는 것이라 했다. 그 또한 세상과 통하던 문이 아니었을까. 보이는 문뿐 아니라 보이지 않는 그런 문도 있다는 사실에 그런 일도 필요하단 생각이 들었다. 그러고 보면 목숨이 붙어있는 한 우린 문 속에 갇혀 살 수밖에 없을 것 같다. 그래서 수없이 문을 열고 또 연다. 나도 이 자리를 뜨면 또 몇 개의 문을 통과해 밖으로 나갈 거고 거기서 다시 차 문을 열고 닫아야 집으로 갈 수 있다. 다시 차 문을 열어야 나올 수 있고 집의 문을 열어야 집에 들어갈 수 있다. 집 문뿐인가. 방문도 열어야 한다. 책상도 연필통도 문이 있다. 그러고 보면 우리는 수없는 문 속에 갇혀 산다. 아니 문과 함께 산다. 축구나 핸드볼처럼 골문을 향해 공을 던져 넣는 경기도 있지만 삶의 문은 하나씩 열 수밖에 없게 되어 있다. 사람과 사람 사이의 마음 문도 그렇다.

문門은 사전에선 '내부와 외부를 드나들거나 물건을 넣었다 꺼냈다 하기 위하여 열고 닫을 수 있도록 만들어 놓은 시설'이거나 '어떤 상황을 가능하게 하는 통로나 경계의 입구를 비유적으로 이르는 말'이라고 되어있다. '축구나 핸드볼 따위의 경기에서 공을 넣도록 만들어진 곳'이기도 하다. 그런데 내 친구가 들어간 문은 그중 어떤 문도 아니다.

통로나 경계의 입구도 아니다. 한 세계에서 다른 세계로 이동해 간 문, 그것도 아니다. 한 삶을 정리하고 우리가 겪어보지 않은 또 다른 삶으로 옮겨간 것이다. 다만 그걸 겪어본 사람이 아무도 돌아온 적이 없기에 실체를 모르니 정작 실감도 안 나고 그 존재조차 긴가민가할 뿐이다. 하지만 세상의 모든 문은 시간의 흐름 속에서 열리기도 하고 닫히기도 한다. 어떨 땐 내가 그 문이 되기도 한다. 아니 문이 열리는 것을 막는 방해물이거나 의도적으로 열리는 걸 저지하는 경우도 있다. 그렇다고 열릴 문이 안 열리지도 않을 것이다.

문, 내 살아온 삶 동안 헤아릴 수 없이 많은 문을 열고 닫고 했겠지만 이제는 열린 문은 닫되 닫혀있는 문은 열려고 하지 말아야 할 것 같다. 지금에야 열려고 하는 문은 욕심일 것 같기 때문이다. 내가 열어놓은 문들도 잘 살펴보고 닫을 수 있다면 닫아야 할 것 같다. 문은 인연이고 관계로 통했지만 내 삶의 무분별하고 방만한 흔적일 수도 있기 때문이다.

친구는 그 열린 문으로 들어간 후 어찌 되었을까. 영혼 따로 육신 따로 분리되어 영혼은 하늘로 육신은 흙으로 각기 문을 열고 최종 목적지에 이르렀을까. 얼마 후 이 세상 내 생명의 기한이 다 되어 친구가 갔던 곳으로 내가 가게 되어 만나면 날 알아봐 줄까. 그러나 그가 떠난 문은 여전히 그대로 있고 그가 떠난 후 사람들은 문에는 더 이상의 관심도 두지 않고 살아갈 것이다. 결국 문은 의식할 때만 느껴질 뿐이고 내가 열어야 할 때만 보이는 것인가. 그럼에도 사람들은 오늘도 열심히 문과 함께 산다.

추모공원의 자동문을 나선 나는 집으로 가기 위해 또 자동차의 문門을 열었다. 《에세이포레》, 2017. 겨울호

햇빛 마시기

어깨너머

궁금했다. 무엇일까. 아니 무슨 일이 일어나고 있는 것일까. 사람들이 성처럼 둘러선 보이지 않는 그 중심에서 어떤 일이 생긴 것일까. 그러나 위급하고 위험한 일은 아닌 것 같다. 사람들의 표정이 호기심이고 기대인 것으로 보아서 어떤 재미있고 신기한 일인 것이 분명하다.

나는 그 중심의 무엇인가를 확인하기 위해 우선 깨금발로 키 높이를 조정해 보았다. 하지만 그건 어림도 없는 일이었다. 사람들이 쌓은 성이 다섯 겹도 넘었다. 나는 조심스럽게 조금 느슨해 보이는 사람과 사람 사이의 틈을 뚫고 들어갔다. 그러나 이내 앞사람에 막히고 말았다. 키는 나보다 큰 것 같지 않은데 덩치가 커서 내 눈이 뚫고 들어갈 틈까지 아예 차단해 버렸다.

그때였다. '와!' 하고 사람들이 환성을 질렀다. 도대체 무슨 일인가. 무슨 일이 벌어지고 있는 것일까. 아 그렇다. 내가 일차로 시도

해 보았던 깨금발을 여기서 써보면 되겠구나. 나는 최고로 내 키를 높이기 위한 깨금발을 시도해 보았다. 그리고 앞사람의 목을 피해 어깨너머로 그 궁금한곳을 향해 눈을 주었다.

순간 내 입에선 피식 웃음이 나오고 말았다. 그때 또 한 번 환호성이 터지고 다른 한쪽에선 '에이!' 하는 소리도 동시에 들려왔다. 윷놀이 판이었다. 공원에서 척사대회가 열리고 있었다. 다 참여자는 아닌 것 같았다. 그러나 몇 명이 빙 둘러 응원하고 관전하다 보니 군중심리가 사람들을 하나 둘씩 이만큼이 되도록 모이게 했을 것 같다.

어떻든 나도 더 이상 앞으로는 나갈 수 없는 상황에서 앞사람의 어깨너머로 윷놀이 광경을 지켜보았다. 두 동이를 업고 가던 말이 거의 다 가서 지키고 있던 상대편 말에 잡혀버린 것이다. 전세는 완전히 뒤바뀌어 버렸다. 그런데 바로 앞에서 걸리는 것 없이 보는 것보다 이렇게 어깨너머로 불편하지만 조금은 비밀스럽게 보는 이것이 훨씬 더 스릴 있고 재미있다는 생각이 들었다. 훔쳐보는 것도 아닌데 어깨너머로 보다 보니 훔쳐보는 것 같은 스릴이 느껴진 것이다. 순간 '어깨너머'란 말이 아주 정겹게 다가오는 듯하더니 그러나 이내 서글프게 가슴으로 파고들었다.

내가 어렸을 때 들은 얘기로 막내이모는 학교엘 가지 못했단다. 할아버지께서 큰이모만 학교엘 다니게 했었는데 그걸 너무도 부러워한 막내이모가 몰래 언니의 뒤를 따라가 교실 밖 유리창을 통해 수업 광경을 지켜보곤 했다 한다. 여자에게 공부시키는 것을 별로 장려하지 않는 때였기에 그랬겠지만 왜 큰이모는 학교에 보내고 작은이모는 못 가게 했는지 그 이유는 모르겠다. 하여간 막내이모는 언니의 어깨너머로 선생님과 칠판을 훔쳐보며 몰래 도둑 공부를 했다. 그러고는 언니보다 일찍 집으로 와 모른 체했단다. 그래도 많이 영특했던지 도둑 공부로도 거의 다 내용을 이해했다고 한다. 그 광경을 할아버지를 잘 아시는 교장 선생님께서 보게 되었고 교장 선생님이 이 사실을 할아버지께 말씀드린 덕택에 4학년 2학기로 편입이 되었다고 했다. 어깨너머로 하던 공부를 교실에 들어가 마음 놓고 할 수 있게 되었으니 그때 이모의 기쁨이 오죽 컸으랴.

'어깨너머'란 말의 뜻은 '남이 하는 것을 옆에서 보거나 듣거나 함'인데 정상적인 방법으로 배우지 못한 기술 같은 것을 두고 하는 말이기도 하다. 하지만 '어깨너머'란 말속엔 내가 들어갈 수 없는 곳, 내가 가면 안 되는 곳, 나를 막는 것이 있는 곳이라는 안타까운 뜻이 숨어있다. 그래서 슬픔의 냄새가 짙게 풍겨났다. 아버지를 아버지라 부르지 못하고 어머니를 어머니라 할 수 없던 옛 소설 속 안타까움 같은 슬픔이랄까.

나는 그 어깨너머란 뜻도 제대로 모르던 어린 날에 어깨너머로 슬픔을 삼킨 적이 있다. 초등학교 운동회 날 정성스레 준비한 음식을 펼쳐놓고 먹고 있던 친구의 모습, 친구 어머니의 어깨너머로 보이던 먹을거리와 그걸 즐겁게 맛있게 먹고 있던 친구의 모습이 지금도 생각난다. 특히 먹는 걸 바라보며 흐뭇함 가득 등을 두드려 주면서 입에도 넣어주는 그 어머니의 모습에는 나도 모르게 흐르는 눈물을 손등으로 훔치곤 했다.

또 한번은 중학생 때였다. 친구가 결석을 하여 무슨 일인가 가보라는 선생님의 말씀대로 그 친구의 집을 찾았다. 인기척을 내도 아무 소리가 없어 뚫린 창구멍으로 방 안을 들여다보았다. 그 때 누워 있는 친구의 이마에 물수건을 해주고 있는 친구 어머니와 그 어머니의 어깨너머로 보이던 친구의 모습이 보였다. 그 순간 저게 세상에서 가장 행복한 모습이겠구나 생각이 들며 울컥 넘치고 마는 눈물을 억제 못 한 채 뛰쳐나오고 말았었다. 그러나 꼭 그렇게 슬픈 영상으로만 어깨너머가 기억되는 것은 아니다.

미국에서 산타모니카 바닷가를 걷고 있었는데 사람들이 둘러서 있는 모습이 보여 궁금해 그곳을 들여다보았다. 둘러쳐진 사람들의 뒤 어깨너머로 한 광경이 보였다. 오른팔이 없고 왼팔 하나만 있는 젊은이가 초상화를 그리고 있었다. 그런데 어찌나 정교하게 그리고 얼마나 빨리 그리는지 실로 놀랍기만 했다.

원래 화가였는데 사고로 한쪽 팔을 잃었는지, 한쪽 팔이 없어서 생계를 위해 그림을 배운 것인지는 알 수 없었다. 하지만 보통의 솜씨가 넘는 그를 똑바로는 보지 못하고 앞사람의 어깨너머로 그의 표정을 살펴보았다. 그런데 그림을 그리고 있는 그의 표정이 어찌나 평온하고 당당하고 장난기까지 넘치는 귀여운 모습인지 몰랐다. 그래서 그런지 그가 그려내는 그림은 아주 맑고 밝은 모습이었다.

그는 보이는 그대로를 그린다기보다 자신이 찾아낸 가장 좋은 면을 부각시켜 그리는 것 같았다. 그러다 보니 자연 그림 속의 표정도 밝아지고 천진스러워 보이기까지 했다. 발길을 돌리면서 살짝 앞사람의 어깨너머로 그를 한 번 더 훔쳐보았다. 뭐가 그리 좋은지 콧노래라도 부르는 것 같았다.

어깨너머, 사람들은 좋지 않은 쪽에서 어깨너머로 훔쳐본다. 그러나 어쩌면 어깨너머란 너무 겸손하고 너무 착해 보란 듯 나서지 못하는 수줍음의 동작일 수도 있다는 생각을 했다. 너무 당당한 사람들로 넘쳐나는 요즘인데 어깨너머로나 참여할 수 있는 수줍음은 오히려 귀하지 않을까.

키보다 높은 담 너머로 안타깝게 깨금발을 하며 지나가는 결혼 행렬을 훔쳐보는 옛 풍속도 속의 한 여자아이가 나를 닮은 것 같다는 생각이 드는 것은 왜일까. 《수필과비평》, 2011. 8. /《한국의 좋은 수필》 2012.

어머니의 눈길

아내가 미국을 다녀오는 길에 재봉틀을 사 왔다. 웬 재봉틀이냐고 했더니 한국보다 많이 싸기도 했지만 며늘아기가 교회 아카데미에서 옷 리폼 수강을 하는 것을 보고 자기도 배우고 싶어졌다는 것이다. 30여 년의 직장생활을 접었으니 시간적 여유도 조금은 생길 것 같아 취미로 배워 손녀들 옷도 만들어주고 싶나보다.

재봉틀이라고 하니 나도 모르게 마음이 싸아해진다. 가져온 재봉틀 포장을 바로 뜯어보니 미국은 우리와 전압 체계가 달라 그냥 사용할 수가 없게 되어 있다. 해서 아내가 외출한 다음 날 변압기를 사다 당장이라도 쓸 수 있도록 장치를 해 주었다. 한데 금방이라도 시작할 것처럼 하더니 재봉틀은 몇 날 며칠이 지나도 만져볼 생각조차 않는다. "아니 당장에 할 것처럼 하더니 해보기도 전에 싫증부터 난 건가?" 내 핀잔에도 아랑곳하지 않고 마냥 여유롭기만 하다.

어머니의 유품에 싱가 미싱이 있는데 광주에 사시는 막내이모님이 보관하고 계신다. 육십 년도 넘은 물건이다. 지금도 사용이 가능할는지는 모르겠으나 이모님은 유일한 내 어머니의 물건이라고 혹여 내가 가져가겠다고 할지 모른다며 이날토록 보관하고 계시단다. 나도 마음이 있으면 그걸 가져오면 될 텐데 쓸 일이 없기도 했지만 이모님 댁에 그렇게 있다는 것이 더 위안이 되고 안전하다는 생각도 들었다.

어머니는 베도 잘 짜셔서 인근에 소문이 난 데다 손바느질도 잘하셨고 재봉질도 잘하셨다고 한다. 나는 전혀 그렇지 않은데 어머니는 손재주가 좋으셨던가 보다.

내가 어렸을 때만 해도 여성들이 갖고 싶은 목록 1위는 단연 '미싱'으로 불렸던 재봉틀이었다. 특히 뛰어난 품질을 자랑하던 '싱가미싱'은 가히 여성들에게 선망의 대상이었다.

막내이모는 내가 초등학교에 입학하던 해에 시집을 갔다. 이모역시 싱가미싱을 혼수로 가져가고 싶었을 테지만 형편은 그리 할수 없었을 것이다. 그러니 언니가 쓰던 것이어도 가져가고 싶었겠지만 완고하신 외할아버지께서 내 어머니가 쓰던 것을 이모가 가져가도록 허락하실 리도 만무다. 재봉틀은 의자를 놓고 앉아 발로 굴러 피대를 통해 동작이 되는 발재봉틀이었다. 그걸 어머니가 돌아가시자 할머니가 가끔 쓰셨는데 나중엔 자리만 많이 차지하고 불편하다며 다리 부분을 없애고 앉아서 할 수 있게 개조했다. 그러나 그마저도 할머니의 눈이 어두워져 재봉틀 바늘에 실을 끼울 수가 없게 되자 구석으로 밀쳐놓게 되었고 그걸 이모가 가져갔던 것 같다.

들은 얘기로는 어머니의 성격이 여간 깐깐한 게 아녔나 보다. 해서 당신의 물건을 동생이라도 손을 댔다간 크게 혼이 났었던 것 같다. 그러나 시집갈 나이의 처녀로 언니가 앉아 밟는 재봉틀에 얼마나 앉아보고 싶었겠는가. 그러나 바깥출입이 거의 없는 어머니였기에 이모가 재봉틀에 앉아볼 기회는 더욱 없었을 것이다.

나는 방학이면 가끔 이모 댁에 놀러 갔다. 그러나 이모가 쓰던 그 재봉틀이 어머니가 쓰던 것이라는 생각도 하지 못했었고 사실 남자이고 보니 더욱 관심도 없었다. 그런데 어느 핸가 이모가 "이 재봉틀은 네 엄마가 쓰던 것인데 할머니가 안 쓰셔서 내가 가져다 쓴다만 이젠 자꾸 고장이 난다." 하셨다. 사람도 세월엔 장사가 없다는데 하물며 기계인들 오래 쓰면 고장 나기 마련 아닌가. 하지만 이모부의 손만 가면 또 얼마간은 멀쩡하게 잘된다 했다.

그 이야기를 들어서일까. 재봉질을 하며 앉아있는 이모의 모습에서 얼핏 어머니의 모습을 본 것 같다. 그리고 재봉질에 몰두하고 있는 이모의 눈길에서 어머니의 눈도 본 것 같다. 틈만 나면 재봉틀에 앉기를 좋아하셨다는 어머니는 내 형의 산후조리에 실패해 불편해진 다리 때문에 재봉질을 할 수 있는 것이 그나마 큰 낙이었을지도 모른다. 더욱이 어머니는 무엇 하나 함부로 하는 게 없었다고 한다. 온 정신을 집중해서 했고 하는 것마다 누가 봐도 놀랄 만큼 마음에 들도록 해냈다고 한다.

햇빛 마시기

재봉틀을 보자 이상하게 마음의 동요가 일고 서둘러 쓸 수 있도록 손을 봐 준 것도 어쩌면 이모님의 재봉질에서 어머니를 보았던 것처럼 아내의 재봉질을 하는 모습에서 옛 어머니의 모습을 보고 싶었던 것은 아닐까. 그러나 한편 생각하니 이모님 댁에 있는 싱가 미싱을 가져올 길이 더욱 멀어진 것 같아 죄스럽기만 하다. 가져와 봐야 어머니의 유품이라는 것 외에 옛 물건이라는 장식용 임무나 더해질 텐데 이 새 재봉틀로 인해 그 자리마저 쉽지 않을 것 같아 씁쓸해진다.

어느 해였던가. 할머니는 그 재봉틀로 모시 반바지를 만들어 주셨다. 지금 생각하면 시원하고 멋스럽기 이를 데 없는 것이련만 어린 내게는 그게 어찌나 창피하고 싫었던지 할머니께 입지 않겠다고 떼를 마구 썼었다.

사실 그 모시 베도 어머니의 유품이었을 게다. 할머니께선 한 여름 시원하게 입히려는 뜻도 있으셨겠지만 제 어미가 짠 베와 제 어미가 쓰던 재봉틀로 만든 옷을 입혀보고 싶으셨을 것 같다. 그런데 난 그런 뜻을 모르고 남들은 사서 입는데 나만 만들어 입힌다고 투정만 냈다.

모시바지가 시원하긴 해도 편한 건 아니었다. 특히 빳빳이 풀을 매겨 다림질을 한 것이라 살갗에 닿으면 쓰라리기도 했었다. 어른들이야 조심스럽게 입으니 시원할 수도 있겠지만 아이들이라 얼마나 부삽하게 뛰어노는 때인가. 한나절만 입어도 접힌 자국이 많이 생겨 더 입을 수 없게 되곤 했다. 거기다 흰색도 아니고 누런빛이 나는 그 색깔도 싫었다. 그걸 두 개나 만들어 번갈아 입게 하셨으니 어린 내 심정이 오죽했겠는가. 그해 여름은 모시 반바지로 인해 정말 길고도 힘들었다.

지난 것은 하나같이 그리움이 된다. 몇 해 전 여름 아내가 칠 부쯤 되는 모시 파자마를 하나 사 왔었다. 집에서 시원하게 입으라는 것이었다. 보니 모시 같기는 한데 화학섬유가 섞인 모양만 모시인 짝퉁이다. 그런데도 아내가 고마웠다. 그해 여름은 집에 오면 그걸 실내복으로 입었는데 주물주물 빨아 툭툭 털어 널면 금방 마르기도 하여 계절 내내 입었던 것 같다. 그 또한 어린 날 할머니가 만들어 주셨던 모시 반바지에 대한 속죄와 그리움이 작용했었을 것 같다. 그런데 아내는 언제쯤 재봉틀을 사용할까. 아내는 재봉틀로 무얼 처음 만들어 낼까. 무엇을 만들건, 잘 만들건 못 만들건 그것보단 재봉틀 앞에 언제 아내가 앉을 것인가가 더 기다려진다. 앉아있는 아내의 모습에서 실제로는 한 번도 본 적이 없는 재봉질을 하는 어머니의 모습을 그리고 그런 어머니의 눈길을 보고 싶은지도 모르겠다. 내 아이들은 내 눈을 많이 닮았다는데 내 눈도 어머니의 눈을 닮았을까. 그렇다면 시집간 딸아이의 눈에서 어머니의 눈길이나 모습을 찾는 게 더 쉬울 텐데 왜 아내에게서일까.

아내의 새 재봉틀을 보는 내 마음 한편에선 이모님 댁에 있는 어머니의 유품, 그 재봉틀 앞에 아내가 앉아있는 모습을 더 보고 싶은 것이 솔직한 내 마음일 것 같다. 잘만 하면 외할머니, 어머니, 그리고 아내와 딸에 이제 손녀까지 보았으니 5대가 재봉틀 한 대로 이어질 수도 있지 않은가. 한 핏줄이니 어디에서도 내겐 어머니의 모습, 어머니의 눈길이 느껴질 것 같은데 말이다.

《현대수필》, 2010. 여름호 / 《오늘의 한국대표수필100인선》, 2013.

놓치다

아차, 또 닫혀버렸다. 정말 찰나의 순간이다. 이제 다섯 정거장 뒤에나 오는 차를 타는 수밖에 없다. 이 바쁜 시간에 10분이나 늦어지는 것이다. 억울하다고 푸념하고 투정해봐야 소용없다. 아까 해찰했던 그 잠깐이 죄라면 죄다. 그러게 남의 일에 한눈팔 일 없는데 바쁘다면서도 아침부터 뭔 일로 큰소리 내며 싸울까 궁금해했던 건 무슨 오지랖이었나. 그게 1분은 족히 되었을 게고 덕택에 나는 1초도 안되는 차이로 차를 놓치고 말았다. 지난주에도 그랬는데 또 그런 것이다. 그리고 보면 사는 중에 이런 일이 어디 한두 번이었으랴.

놓친 고기가 가장 크다는 말처럼 내 삶 속에 이렇게 놓쳐버린 것이 여럿 되었을 것 같다. 아내 말을 안 들어 행운의 기회를 놓쳐버린 적도 있었다.

아주 오래전 일이지만 강남 K 여고 옆 9평짜리 아파트가 전세 4,500만 원을 안고 5천만 원이라고 했다. 하니 500만 원만 보태면 된다며 그걸 사자고 했다. 나는 9평짜리가 오르면 얼마나 오르겠으며 5천만 원이 오르면 또 얼마나 오르겠느냐며 타박을 놓으면서 묵살해 버렸는데, 그게 얼마 가지 않아 재건축이 된다 하여 5천만 원이 5억이 되어버렸다. 또 언젠가는 우연히 경매물로 나온 수원의 원룸 건물을 알게 되었는데 부담금 별로 없이 구입할 수 있겠다며 사자고 했다. 무엇보다 위치는 좋았지만 땅 지분이 적어 불안하게 뾰족이 들어서 있는 사진을 보고 대꾸를 하지 않자 무산되고 말았었다. 한 1년쯤 지나 그쪽을 지나가게 되어 가보니 그 자리엔 아주 멋진 건물이 들어서 있었다. 1층은 편의점이고 2층부턴 원룸이라고 했다. 나는 그런 이재에 밝지도 못하지만 그런 데 신경을 쓰는 것 자체를 싫어한다. 지금 생각하면 못 이기는 척 아내의 말만 들었어도 지금보단 훨씬 낫게 살 수 있었을 것 같다. 하지만 그렇게 놓쳐버린 것은 분명 내 것이 아닐 것이다.

지금 사는 아파트에서만 40년 살이다. 그동안 재건축을 해서 다시 입주하긴 했지만 나를 아는 많은 이들이 내가 한곳에서 움직이지 않고 산다고 바보 취급을 할 정도였다. 이걸 팔아서 'ㅂ'으로 그리고 더 아래쪽으로 나가면 넓은 평수로 옮길 수도 있고 두 채를 마련할 수도 있을 텐데 그러지 않는다며 참 많이 나를 주눅 들게 했었다. 한 번만 이동을 해도 큰돈이 떨어진다고도 했다. 하지만 내 복에 무슨 그런 일이 있겠느냐고 꼼짝 않고 있었던 것이 지금은 오히려 잘했다는 말을 듣고 있다. 그러고 보면 그때 내가 놓쳤다고 아쉽다고 생각했던 것들을 만일 내 것으로 만들었다면 내게 어떤 일이 생겼을지 알 수 없다.

놓친 것은 내 것일 수 없는 것들이었다. 아니 내 것이 아닌 것들이었다. 바보스러울지 몰라도 내 걸음이 맞는 거였다. 남의 보폭에 힘겹게 맞춰야 할 이유는 없다. 그렇게 내 가진 것에 만족하고 감사하는 것도 내 분수에 맞는 일이니 꽤 괜찮다는 생각이 든다.

'놓치다'는 말은 동사로 '잡거나 쥐고 있던 것을 떨어뜨리거나 빠뜨리다. 얻거나 가졌던 것을 도로 잃다. 목적하였던 것이나 할 수 있었던 것을 잘못하여 이루지 못하다. 일을 하기에 적절한 시간이나 시기를 그냥 보내서 할 일을 하지 못하다. 듣거나 보거나 느껴서 할 수 있는 것들을 지나쳐 보내다.'(표준국어대사전)의 뜻을 갖고 있다.

모두 좋은 의미의 말이 아니다. 다 아쉽고 손해 보는 일이다. 하지만 내 의사와 관계없이 놓쳐버리기보다 스스로 놓아버리는 것을 결정해야 하는 때도 나이가 드니 오는 것 같다. 놓쳐서 안타까운 것보다 놓아버리지 못해 겪는 오해와 원망이 사람을 참 난처하게 만들 때도 있다.

어린 날 친구들과 연을 날리다가 동네 미루나무에 내 연이 걸려버렸다. 아무리 당기며 애를 써 봐도 걸린 연은 풀려날 기색이 없었다. 오히려 거기서 헤어나고 싶다고 연이 슬픈 눈으로 나를 바라보며 애원하는 것 같아 보였다. 하지만 연은 가지와 가지 사이에 줄이 걸려 어떻게 해볼 수가 없었다. 그때 동네 형이 연줄을 끊으라고 했다. 그를 놓아주라는 것이다. 할 수 없이 줄을 끊었다. 그런데 그때 바람이 획 부는가 싶더니 실 끊긴 그 연이 스르르 가지로부터 벗어나 하늘로 날아올랐다. 나는 반갑기도 하고 기쁘기도 하여 '와! 연이 풀렸다.' 소리 지르며 좋아했는데 순간 연은 하늘 저 멀리로 날아가 버렸다. 다행히 얼마 못 가 아래로 내려오더니 건너편 다복솔밭에 내려앉았다. 놓치는 것이 아니라 놓아준다는 것은 이렇게 때로 내 것을 다시 찾을 수도 있다는 걸 어린 나이에도 생각했었다.

살아온 날들을 뒤돌아본다. 놓친 것 중 가장 큰 것은 내 곁을 떠나버린 부모 형제다. 속수무책으로 나만 남겨지게 만든 그들은 나를 참 많이 서럽고 안타깝게 했고 해서 원망스럽기도 했다. 어디 그뿐이랴. 믿었던 사람이 배반을 하거나 내 몫이어야 할 것을 가져가 버려 허망하게 빈손이 될 때도 있었다. 하지만 이만큼 와서 보니 내가 놓친 것보다 훨씬 많은 것을 나는 늘 얻었고 받고 있었다. 그러니 딱히 손해 본 것은 없는 셈이다. 그러고 보면 놓친다는 것은 내 것이 아니란 거였다. 욕심을 내지 말아야 할 것들이었다. 안타까워하거나 아쉬워할 것들이 아니라 제 갈 길을 찾아가게 해 줘야 하는 것이었다.

요즘 들어 유난히 안타까워지는 것들이 많다. 좀 더 공부를 했더라면 하는 아쉬움이 가장 크다. 나보다 더 어려운 환경에서도 해낸 사람들이 많았는데 내 인내와 절실함이 그들보다 못했던 거다. 아이들에게도 좀 더 잘해 줄 수도 있었을 텐데 그리 못 한 것이 아쉽다. 그렇게 했다면 저들도 조금은 더 좋은 조건에서 더 나은 삶을 살 텐데, 하는 후회도 있다. 그러나 한편 생각하면 지금의 내가, 이만큼이 내 분수라는 생각을 한다. 이에서 더 했다면 지금의 내가 아닐 수도 있다. 가진 것이 없는 것처럼 마음 편할 수 있는 것도 복이라면 복이다.

가을이다. 나무들이 저마다의 옷을 벗고 있다. 저들이라고 아쉬움이 없으랴. 그런데 저들은 그런 내색조차 안 한다. 슬그머니 놓아버린다. 아니 놓친다. 그러면서 태연하다. 조금 전 상가喪家에서 마지막 인사를 하고 왔다. 그분의 영정 속 웃는 얼굴처럼 우리는 그렇게 스스로도 놓치고 말 것이다. 하지만 놓치지 말아야 할 것도 분명히 있을 것이다. 내가 지켜야 할 의무나 본분, 나다움, 어쩌면 그걸 놓칠까 봐 겁내는 것 아닐까. 나도 모르게 되어버릴 그런 순간은 아니 와야 할 텐데 창밖에서 떨어지고 있는 낙엽을 하나둘 세어본다. 창밖은 가을인데 나도 가을일까.

어느새 고희에 이르며 놓친 안타까움보다 놓아버려야 할 것들을 더 생각하게 된다. 그러나 좀처럼 욕심을 제어할 수 없으니 무소유란 말은 내 사전엔 없을 것 같다. 차라리 내 의사에 관계없이 놓치는 것이 나를 도와줄 수도 있지 않을까. 오늘 놓친 열차도 시간을 계산해 보니 문제가 될 것 같지는 않다. 삶은 그렇게 알게 모르게 놓치는 것들 속에서도 이어져 가는 것인 게다. 나처럼 앞차를 놓친 사람들인지 차 문이 열리기 바쁘게 뛰어나가는 사람들 그 속에서 나도 이젠 시간을 놓치지 않겠다고 함께 뛴다. 손에 든 가방을 놓치지 않게 단단히 붙잡고. 《계간수필》, 2018. 겨울호

햇빛 마시기

제4부

어머니의 끈

겨울 부채

　책 묶음을 정리하는데 뭔가 툭 떨어졌다. 길쭉하게 돌돌 말아 대충 포장되어진 걸로 봐서 임시 보관용으로 싼 것 같다. 풀어보니 부채 두 개가 아닌가. 하나는 전에 부채 시화전을 할 때 제작 되었던 내 시가 적힌 합죽선이요, 하나는 B 시인이 직접 만들었다며 선물했던 부채였다. 여름이 벌써 지났고 가을도 지나 겨울에 이른 때에 하릴없이 부채 두 개를 들고 하나씩 바람을 일으켜 본다.

　부채질을 안 해도 시원한 때이지만 우리 대나무에 우리 종이를 붙여 만든 부채여서일까. 바람이 그리 시원할 수가 없다. 그런데 부채를 쓸 철도 아닌데 다시 본래대로 싸서 보관해 두어야 하나 아니면 꺼낸 것이니 그냥 사용을 해야 하나 고민이 된다. 사실 겨울에 부채가 얼마나 필요하랴.

　문득 하로동선夏爐冬扇이란 말이 생각난다. 여름 화로 겨울 부채란 있어도 별로 소용이 안 되는 물건을 이름이다. 하지만 살다 보면 전혀 불필요할 것 같아 보이는 것이 아주 요긴하게 쓰일 때도 있고, 또 조금만 기다리면 제때를 만나 곧 귀히 쓰일 때에 이르리라는 희망이기도 하다. 나처럼 땀을 많이 흘리는 사람에겐 사실 겨울에도 필요함 직한 물건이다. 거기다 겨울 부채를 들고 여름의 운치를 느껴보는 것도 그리 나쁘지만은 않을 것 같다.

전에 읽었던 ㅈ 교수의 수필이 생각난다. 학점을 어떻게 줄까 고심하게 하는 학생이 있었다. 그런데 우연히 차창 밖을 내다보니 그 학생이 길가의 좌판상 노인 앞에서 하필 부채 하나를 들고 보고 있더란다. 겨울에 부채를 산다는 것도 우습지만 겨울에 부채를 팔겠다고 나온 이가 더 안타까운 상황이다. 그런데 학생이 그 부채를 사더라는 것이다. 차가운 한겨울에 팔러 내놓은 물건 중에서 유독 부채를 사는 그의 마음이 겨울 햇살보다 더 따스하게 보였을 것이다. 성적이야 조금 모자라면 어떤가. 그러나 저런 마음씨는 얼마나 아름답고 귀한가. 그 학생에게 좋은 학점을 주면서도 마음은 한없이 즐거웠을 것이다.

겨울 부채는 강태공의 낚시 같다는 생각도 든다. 때를 기다리는 것, 제때를 기다리는 것이라고나 할까. 조금만 기다리면 이내 봄이 오고 곧 여름도 될 것이다. 지금 당장은 소용없는 물건일지 모르나 제철인 여름만 되면 가장 사랑받는 귀한 물건이 될 것이다. 사는 것이 하도 답답하여 여름에도 겨울 같고, 겨울에도 여름 같은 때에 그 한고비만 넘기면 제철을 만난다는 희망으로 겨울 부채는 그런 위로도 줄 것이다.

　지난여름이었다. 광주에 사시는 이모님께서 전화를 하셨다. 서랍 속에 안 쓴 부채가 있어서 쓰려고 봤더니 거기 내 시가 적혀 있더란다. 해서 못 쓰고 다시 넣어둔다고 하셨다. 그냥 쓰세요, 부채는 시원하게 쓰려는 것인데 시가 있으면 더 좋잖아요, 했더니 그래도 네 글이 적혀있는 부채인데 몇 번 쓰면 금방 헐어버릴 것 아니겠느냐며 안 쓰고 두고 보시겠다 했다. 나는 그걸 드린 것도 이미 잊고 있었는데 이모님은 내 시가 적혀있는 부채라는 것만으로도 보물처럼 깊이 넣어두셨던가 보다.

　부채는 순수한 우리말이다. 손으로 부쳐서 바람을 일으킨다는 '부'에 대나무 또는 도구라는 '채'의 합성어로 '손으로 바람을 일으키는 도구'라는 뜻을 갖고 있다. 그러니 손에 잡고 흔들어 바람을 일으키는 도구인 것이다.

　옛날에는 부채가 더위를 쫓는 본연의 역할 이외에도 권력과 부의 상징으로 인식되었다. 특히 한국 중국 일본 등 동양 3국에서는 궁궐이나 고위 관직의 사람들이 소장품으로 많이 애용하였으며, 교역이 활성화되면서 서양으로도 부채가 넘어가게 되었는데 진주나 비단 등과 함께 매우 귀중한 물목으로 취급되었다고 한다.

　뿐만 아니라 일상생활에서도 중요한 역할을 해 왔다. 전통혼례 때 사용되었고, 화가나 문인 등의 예술적 취미를 키워 주었고, 전통 춤인 부채춤이나 무당들의 무당굿 소품 등으로도 사용되어 왔다.

현대에는 관광 특산품 내지 팬시용품에 여름철 필수 홍보용품으로 크게 자리매김하고 있어서 사실 부채는 4계절 내내 사용되는 것이랄 수도 있다. 하기야 모선毛扇이라 하여 털로 만들어 방한용으로 사용하는 겨울용 부채도 있지 않은가.

부채를 중국에서는 '선扇'이라고 하는데 이는 집안의 날개를 뜻하는 것으로 보아 종이나 실크가 없던 고대에는 새의 깃털로 부채를 만들어 사용하였던 것 같다.

현존하는 가장 오래된 부채로는 기원전 1330년대의 이집트 투탕카멘 왕의 피라미드에서 발견된 호아금 봉俸에 타조의 깃털을 붙인 부채로 3,000년이 지난 지금에도 부채의 형상을 확인할 수 있다 한다. 동양에선 서기 300년대의 경남 의창군 다호리의 고분에서 출토된 1,700년 전 부채로 자루의 표면에 옻칠이 되어져 있으며 길이는 한 자[尺] 정도인데 2점이 발견되었다 한다.

부채를 보면 또 생각나는 게 있다. 여름이면 하얀 모시옷에 부채를 들고 마실을 나가시던 할아버지 모습이 그렇게 보기 좋았었다. 나도 그때 할아버지 나이에 가까이 가건만 아무래도 내게서는 그런 멋이 넘쳐나지 않을 것만 같다.

겨울 부채는 슬픈 물건이다. 제철을 잃은 슬픔, 잊힌 아픔, 제 할 일도 없는 부끄러움이다. 하지만 세상이 많이 바뀌었다. 겨울에도 여름과 똑같은 차림으로 방 안에서 지낸다. 겨울에도 여름 과일이나 채소가 얼마든지 있다. 그렇다면 부채도 꼭 여름에만 소용되는 걸로 한계를 둘 필요는 없겠다. 하기야 우리 어린 날 시골에선 겨울에도 아궁이에 불을 피울 때는 부엌에서 쓰던 헌 부채로 불을 붙이지 않았던가. 그렇다고 보면 겨울 부채라고 선입견을 갖고 있는 내가 문제가 아닌가. 그래 이왕 꺼낸 부채이니 그냥 써야겠다. 세상에 무엇이 필요하지 않은 것이 있으랴. 때가 조금 안 맞았을 뿐이지 놔두면 다 필요한 것들 아니랴.

부채를 펼쳐 바람을 내본다. 부채 속 내 시詩도 소리가 되어 일어나는 것 같다. 부채바람이 가슴속까지 맑게 해주는 것 같다. 두 개의 부채를 들고 나는 겨울에 여름 바람을 일으키고 있다. 이러다 여름이 불쑥 와버리는 건 아닐지 모르겠다. 《선수필》, 2006. 가을호

스침에 대하여

저녁 해거름, 전철에서 내려 집으로 향하는데 언덕배기여서인지 바람 한 자락이 얼굴을 스친다. 빨리 걸어 땀이 밴 더운 기가 싹 가시는 것 같다. 어깨에 멘 가방을 풀어 반대로 메자 한 자락 바람이 가방을 벗은 어깨 쪽을 시원하게 해 준다. 그런데 순간 코끝에 야릇한 향기가 스며든다. 고개를 돌려보니 내 옆을 지나는 여인에게서 난 향기인 것 같다. 쟈스민 내 같기도 하고 그보다는 여린 어떤 향 같기도 한데 들이쉰 숨결에 순간적으로 맡은 냄새여서인지 부드럽고 연한 향기로움이 여운처럼 남는다.

이 잠시 동안에 나를 스치고 지나간 바람과 사람과 향기, 문득 스침이란 무얼까 생각을 해보게 된다.

산다고 하는 것은 무수한 만남과 스침이 아니던가. 머무름 없이 지나가 버리는 것은 스침이고, 머무름이 있으면 만남이라 할 것 같은데 스침이란 살아있음에 대한 서로의 인정도 될 것 같다.

어떤 시인은 그랬다. '직선으로 가는 삶은 박치기지만 곡선으로 가는 삶은 스침'이라고, 그래서 스침은 인연인데 그 인연은 느리게 또는 더디게 오며 그 인연이란 곡선 속엔 슬픔과 기쁨도 있다는 것이다.

내 어릴 적 삶 중에서 부모님은 내게 분명 만남이었지만 내가 제대로 그분들을 기억하지 못하는 것으로 본다면 오히려 스침이라 하고 싶어진다. 물론 스침만으로도 흔적이 남을 수 있고 영원히 잊히지 않을 사건이 될 수도 있다. 그러나 아무리 아름다운 스침이라도 상대가 알아주는 것이 아니면 그도 의미가 없을 것 같다. 그렇다고 보면 만남은 선분이고 스침은 반직선이라고나 해야 할까. 불가의 말을 빌리지 않더라도 스침 또한 인연이고 인연을 만들고 더러는 만남으로 이어지기도 할 터였다.

이젠 나이가 들어서인지 요즘엔 세상을 떠나는 소식을 자주 접한다. 그를 보내는 마지막 자리에서 그와 나는 스침일까 만남일까를 생각해 보기도 한다. 오랫동안 알고 지냈어도 깊은 사귐이 없었다면 그 또한 스침이 아닐까 싶다. 그러나 아주 짧은 스침 같은 만남이었어도 오랫동안 기억에 남고 그를 못 잊어 하는 것은 만남이라 해야 할 것 같다.

언젠가 비가 온 뒤 끝에 공원엘 나갔을 때다. 불어난 물이 냇물을 기세 좋게 흘러가게 하고 있었다. 물가에 늘어진 치렁한 능수버들 가지를 잡았다 놓았다 하며 흘러가고 있는 물을 보며 저들이야말로

어머니의 끈

스쳐 가는 것 아니겠느냐는 생각을 했다. 그러고 보니 60여 년의 삶 속에서 스쳐 간 이도 참으로 많았을 것 같고 더러는 만남이 되어 귀한 인연의 아름다움을 간직한 것도 많았을 것 같다. 그렇더라도 삶 자체가 간이역같이 잠시 머물다 가는 것이라면 길게만 생각한 우리 삶도 결국은 순간이 아니겠는가. 순간은 스침이고 그 스침을 두고 아옹다옹하며 살아온 것이었으리라.

이민을 가면서 선물로 주고 간 화분에서 두 번째 꽃이 피었다. 꽃 모양은 등꽃 같은데 색깔은 하나는 분홍이고 하나는 흰색이다. 어린 날 막대 끝에 등을 달고 할아버지를 마중 나가던 밤길의 등불처럼 목이 긴 이 꽃도 그냥 피었다 지는 것이라면 스침일 뿐이리라.

그러나 나와 인연이 되어 내 집에서 자라게 되고 이렇게 꽃까지 피웠으니 스침보단 만남이 될 것 같다. 하지만 아직 이름도 모른다. 아무래도 사진을 찍어 미국으로 메일을 보내 꽃 이름을 알아봐야 할 것 같다. 그래야 제대로의 만남이 되리라. 하나 만남이면 어떻고 스침이면 어떠랴. 모든 게 흘러가고 스러지고 변하는 것들 아닌가. 영원한 것이란 없는 것이 우리 사는 세상 아닌가.

봄도 가고 여름도 가고 가을도 간다. 겨울인가 싶으면 어느새 봄이 온다. 만남이라기보다는 스침 같은 흐름이다. 저 더위를 어떻게 이길까 생각하는 사이에 여름이 가고 어느새 선선해지는가 하면 금방 찬바람이 옷깃 속까지 파고드는 겨울이다. 그래 겨울인갑다 느끼노라면 또 어느새 초록 내가 풍겨오고 두터운 옷은 벗으란다. 조그많던 아이들이 어느새 장성하여 결혼을 한다 하고 어느 날 보니 아이 하나씩을 품에 안고 다닌다. 그 사이 나는 그만큼 늙었으리라.

보이는 것보다 보이지 않는 것의 변화가 더 큰 것 같다. 느끼는 것보다 느끼지 못한 것의 변화가 더 빠른 것 같다. 이 모두가 나를 스쳐 지나간 변화들이다.

언덕을 넘어 집에 이르니 그 사이 또 등에 땀이 배었다. 초인종을 누른다. 안에서는 아무 소리도 없다. 아내는 집에 없나 보다. 주머니에서 열쇠를 꺼내 문을 연다. 집 안에서 풍겨나는 내 집 냄새, 반갑다고 내게로 달려드는 그 냄새는 마음을 편안하게 해주고 긴장을 풀어주고 피로를 가시게 해준다.

이들과의 재회는 스침이 아니라 분명 만남이다. 그들과 더불어 있어야 함이다. 하지만 다시 생각해 보면 이들 또한 언덕배기에서 만난 여인의 향취와 별로 다를 게 없다. 그때 만난 바람과 사람과 향기나 내 집에서 만나는 평안한 느낌이나 잠시의 스침에서 더할 것도 덜할 것도 없음이다. 결국 만남도 스침이고 스침도 만남이란 말인가.

오늘을 사는 삶 속의 그 무엇도 이에서 더하고 덜함이 없다는 것, 해서 그 순간이 가장 소중하다 하나 보다.

직선으로 가건 곡선으로 가건, 스침이건 만남이건 그건 더할 나위 없는 인연일 게다. 수십억의 사람과 그보다 더 많은 무수한 생명체들 속에서 나와 눈을 맞추고 나의 숨결을 나누고 내가 체취를 느끼고 가까이할 수 있다는 이 엄청난 축복, 그 모든 것들에 어찌 신비하고 고맙지 않으랴.

한 하늘을 머리에 이고 사는 것만도, 한 땅을 같이 딛고 뿌리내리고 사는 것도, 한 공기를 마시고 그 속에서 생명을 누리는 것도 너와 나 함께 있는 기쁨이요 행복이리라. 그 모든 스침을 나는 사랑하고 감사하고 싶다. 그게 사는 것이고 사는 맛이 아니랴. 너와 나의 스침이 바로 행복의 시작이 아니랴. 《에세이문예》, 2010. 3.

고샅
- 추억 그리고 그리움

　가슴이 콩당대기 시작했다. 한 발짝 또 한 발짝 내딛는 걸음이 점점 무거워진다. 탱자나무 울타리를 지나 흙돌담만 돌아나가면 이제 집이다. 그런데 벌써부터 집 마당에서 나를 기다리고 계실 할아버지와 마주할 것을 생각만 해도 몸이 돌처럼 굳는 것 같다. 그 위로 떨어질 할아버지의 호통, 어쩌면 손에 든 회초리가 먼저 내 등에 떨어질지도 모른다.

　정확히 무슨 일이었는지는 기억나지 않는다. 그런데 어떤 한 날의 그 두렵고 떨리던 기억이 어찌 이리도 강하게 남아 있는지 모르겠다. 아마 내가 무슨 거짓말을 했었는데 그게 들통났던 것 같다. 속이거나 거짓을 말하는 것은 아무리 작은 것도 용서치 않으시던 할아버지셨으니 내가 그처럼 벌벌 떨었던 것은 필시 할아버지의 성정을 잘 아는 내가 내 저지른 잘못 때문에 지레 겁을 먹었을 것이다. 집으로 향하는 그날의 고샅길은 어찌 그리도 짧았는지 모른다.

어머니의 끈

학교에서 돌아올 때면 마을 정자나무와 맨 먼저 만난다. 신성시하는 나무가 아니라 우리들 놀이터다. 나무에 오르기도 하고 명절때면 줄을 매어 그네를 타기도 했다. 여름엔 멍석을 깔고 그늘을 즐겼고 가을엔 거두어들인 곡식들의 타작마당이었으며 겨울에도 나무 밑엔 눈이 쌓이지 않아 우리의 놀이터였다. 사방이 틔어 겨울엔 바람도 차건만 그럼에도 그곳을 지키기라도 하려는 듯 나무 밑엔 꼭 누군가가 있었다. 그 정자나무를 지나면 탱자 울타리가 나오고 그걸 지나면 돌담이 나오고 거길 지나면 마을 우물이 나왔다. 우리 집도 우물이 없었기에 내가 할머니 대신 이 우물에서 물을 길어가기도 했다. 우물에서 ㄴ으로 꺾여져 친구네 집 담장과 다른 탱자 울의 골목을 빠져나가면 흙돌담을 마지막으로 우리 집으로 향하는 작은 길이 나왔다. 짧은 미로를 헤쳐 나가는 것 같은 우리 동네 고샅, 나는 그 고샅과 함께 자랐다. 고샅은 집으로 향하는 급한 마음을 더욱 급하게 해주기도 했지만 집에 들어가기 싫은 때는 얼마큼이나마 그런 내 마음을 위로해 주는 공간이기도 했다.

차를 대고 곧바로 갈 수 있는 길로 가지 않는다고 아내는 투덜댔다. 그러나 내겐 따로 생각이 있었다. 조금 걷더라도 어린 날 다니던 그 고샅길을 지나보고 싶어서였다. 아마 내가 아는 사람은 거의 없을 거다. 내가 알던 어른들은 이 세상 사람이 아닐 테고 내 또래들도 거의 다 이곳을 떠났단다. 한둘 있을 수도 있겠지만 지금 여기 사는 대부분은 내가 떠난 후 태어난 그들 자녀일 것이다. 떠난 지 어언 50여

년이다. 고샅을 지나며 그 집에 살던 사람들의 기억을 더듬어 본다. 근이네 집 앞을 지나는데 젊은 남자가 축사畜舍를 손보고 있다. 아마 근이 아들인 것 같다. 내가 한 번도 본 적이 없지만 생김생김이 근이를 빼닮았다. 아는 체를 해 볼까 하다가 그만두었다. 그냥 이렇게 조용히 지나가 보자고 한 것이 아녔던가. 마을은 정적이 감돌 만큼 고요하다. 한낮인데도 이러니 밤이면 얼마나 더할까. 문득 내가 알 만한 사람도 몇 있을지도 모르겠다는 생각이 다시 들었다. 고향을 지키는 건 아무래도 젊은이들이 아닐 것 같기 때문이다. 그렇다면 내 동무 중 누가 있지 않을까.

고샅은 변하지 않았지만 마을 앞길 옆길이 모두 넓은 찻길로 바뀌었고 집들도 새로 짓거나 단장한 집이 여럿이다. 꽤 큰 창고도 둘이나 들어서 있는 걸로 봐서 마을 공동 작업을 할 거리도 있나 보다.

도시의 골목과 달리 고샅은 지극히 개인적인 공간이면서도 공동의 장소였다. 오롯이 혼자만을 지켜주면서도 담 너머로 고개만 내밀면 소통이 이뤄지는 공간이다. 있으나마나 허술하기 그지없는 문은 영역의 표시일 뿐 출입을 막는 역할이 아니었다. 키우는 닭이나 강아지가 나가는 것을 막는 구실이기에 살짝 밀어도 열리고 그것도 없으면 닫아놓지 않을 때가 더 많았다. 그러니 고샅은 서로의 공간을 이어주는 공동공간인 셈이었다. 그런데 아내와 함께 50여 년 만에 고샅에 들어서보니 우물은 존재감을 잃었고 사립문들은 철문으로 바뀌었다. 담도 높아졌고 훤히 내다보이던 집안이 깨금발을 해

어머니의 끈

도 들여다보이지 않는다. 고샅길은 있으나 옛 고샅은 아니었다. 내밀한 것들까지도 비밀이 없던 공간은 이젠 비밀이 가득이다. 그러니 설혹 옛 동무가 살고 있다고 해도 그 또한 내가 알던 그가 아닐지도 모른다.

고샅 끝에 서서 우리 집이 있던 곳을 바라본다. 모두 밭이 되어 콩이 자라고 있다. 저만큼이 우리 집이 있던 자리일 텐데 속으로 가늠하며 무언가 확인될 만한 것이 없을까 찾고 있는데 아내가 한곳을 손가락으로 가리키며 저기가 장독대 자리라고 한다. 내 눈이 따라가 머문 곳, 콩들 속에서 유난히 키가 큰 것이 자라고 있었다. 모시풀이었다. 아내가 그것을 기억하고 있었던 것이다. 장독대 가에 할머니는 모시를 심어놓았었다. 십수 년 전 아내와 왔을 때 나는 콩밭속을 뒤져 모시풀을 찾아냈었고 두 뿌리를 캐다 아파트 옥상 밭에다 심어 기르기도 했었다. 모시 잎은 얼핏 보면 콩잎과 비슷하다. 그러나 훨씬 잎이 크고 키도 크다. 그래서 아내는 단번에 그곳을 알아보았고 나도 소중한 것을 발견한 기쁨으로 한껏 흥분했다. 뽑아내버리지 않고 놔두는 밭주인이 고마웠다. 내 이런 마음을 알고 저렇게 살려주었을까. 찾아가 인사라도 하고 싶어진다.

고샅을 빠져나와 우리 집에 이르던 길은 더 좁아졌다. 밭에 갈 때나 쓰는 길일 뿐이니 통행이 없어서일 것이다. 사람이 다녀야 길이되는데 이 길조차 없어지는 것은 아닐까. 내가 알던 이들이 없어져버린 고향마을에서 반쯤 없어져 버린 길을 따라 나오다 모시풀을 돌아본다. 순간 할머니가 장독대에서 환하게 웃으시며 서 있다. "할머니!" 나도 모르게 할머니를 불렀다. 아내가 서 있는 내 몸을 흔든다. 왔던 길을 되돌아가기 위해 몸을 돌리자 조금 전에 지나왔던 고샅이 추억과 그리움으로 가슴에 안겨온다. 그러나 선뜻 다시 그 길로 접어들 수가 없다. 변해가는 삶의 현장, 이 길을 다시는 못 올지도 모른다. 언젠가는 이 고샅도 그리고 내 그리움의 모시풀도 없어지고 말 것이다. 내가 카메라를 꺼내자 아내가 그냥 가잖다. 추억도 그리움도 가슴속에만 간직하는 게 낫다는 것인가. 설마 이런 걸 찍어 뭐 하려느냐는 것은 아니겠지. 주춤대는 내 등 뒤로 빨리 안 들어오고 뭐 하느냐는 할아버지의 호통이 들리는 것 같다.

　뒷걸음치다시피 떨어지지 않는 발걸음을 옮겨 정자나무에 이르니 지고 있는 저녁 햇살이 나무 끝에 닿아 부서지고 있다. 거기 누군가 날리다 놓친 것일까. 꼬리연 하나가 걸려 햇살을 받아 하얗게 빛나고 있다. 잘 왔다는 것일까, 잘 가라는 것일까. 바람 따라 까불대는 꼬리연을 향해 나도 손을 흔들어 준다. 고샅이 저녁 햇살에 조명을 받은 듯 환하게 속을 드러내 보여주고 있다. 책가방을 든 15살 소년이 그 고샅으로 들어서고 있다. 《에세이문학》, 2016. 봄호

어머니의 끈

큰이모와 통화를 했다. 병원에 다녀오는데 갑자기 이모님 생각이 났다. 이런 생각이 났다는 것은 엄마 생각이 났다는 것인지도 모르겠다. 참 이 나이에 엄마라니, 한데 이상하다. 나이가 들면 들수록 피어나는 그리움은 상사병 같기도 하다. 보지 못하는 그리움이 안타까움으로 더욱 그리움을 깨워내듯 어머니에 대한 그리움이 바로 그런 것 같다.

내 역사의 뿌리인 부모님에 대한 기억이 너무 희미해서인지 내 유년의 기억은 늘 부초 같다. 아주 작은 바람에도 미세한 물결에도 위치가 바뀌는 부초 같은 그리움은 그래선지 아무리 세월이 흘러도 옅어지는 것 같지 않다. 언젠가 어디선가 맡았던 좋은 향기처럼 잠재의식 속에서까지도 새록새록 피어난다.

큰이모는 여든여덟이시다. 살아계셨다면 어머니가 아흔이고 아버지가 아흔셋이다. 언젠가 엄마가 몇 살 때 결혼을 한 것이었냐고 물었더니 큰이모도 잘 모르시겠단다. 큰이모가 스무 살에 시집을 가셨다니 아마 엄마는 열아홉이나 열여덟 그쯤에서 갔지 했다. 내 기억 속의 사건을 추리해 시간을 계산해 봐도 얼추 맞는 것 같다. 내 돌 달에 돌아가신 아버지, 내 세 살 때 돌아가신 어머니, 그 전에 형이 하나 있었는데 내가 태어나기도 전에 다섯 살로 유명을 달리했다니 그것까지 거슬러 올라가 보면 이모 말대로 열여덟이나 열아홉이 될 것 같다. 그렇다면 엄마는 결혼 후 십 년쯤 살다가 돌아가신 것이다. 스물아홉 살에, 아버지가 세 살 위였으니 계산해 보면 아버지 역시 스물아홉 나이로 돌아가신 것이다. 나는 서른도 못 넘기고 가신 아버지와 어머니를 생각하면서 오십이란 나이는 엄청나게 많은 나이로 생각했었다. 해서 나는 오십 살까지만 살겠다고 했었다. 그 오십이 넘은 지도 이십 년이 되어가는 지금에 생각하니 그 또한 말의 객기가 아녔나 싶다.

작은이모는 3년 전에 돌아가셨다. 사실 그 작은이모가 내겐 어머니 같다. 큰이모는 내가 태어나기도 전에 시집을 가버렸으니 나와 함께할 기회조차 없었던 것이고 작은이모는 내가 초등학교 입학하는 해에 시집을 갔으니 그 이모의 등과 손에서 자랐다고 해야 할 것이다. 큰이모와 통화를 하는데 쉴 새 없이 눈물이 나왔다. 작은이모가 돌아가신 후 이제 남은 어머니에 대한 끈은 오직 이모뿐이기 때문인지도 모른다. 이모는 팔을 다쳐 두 달이나 깁스를 하고 사신다 했다. 목소리를 들으니 당장 달려가 품에 안기고 싶다. 아니 안아드리고 싶다. 귀도 눈도 기억도 아직까지는 너무나 밝고 맑으신 이모님, 십 년 전이나 지금이나 목소리도 한결같다.

아무리 생각해도 외할머니만 시쳇말로 정말 박복한 분이었던 것 같다. 큰사위, 둘째 사위, 셋째 사위를 참 허망하게 보내버렸다. 거기다 큰외손자까지 다섯 살로 보내버렸으니 그 가슴이 오죽했겠는가. 그래서 당신 먼저 보내버린 딸과 사위에의 안타까움을 내게 다 쏟으셨던 할머니 또한 내겐 그냥 어머니셨다. 그러고 보면 어머니가 되어 주셨던 분들이 참 많다. 나는 그렇게 어미 아비 없는 불쌍한 존재가 아니라 더 많은 어머니와 아버지의 사랑을 받으며 자랄 수 있었다. 하지만 이제는 오직 한 분 이모님만 계신다. 며칠 전엔 큰어머니까지 가셨다. 생전의 어머니를 아는 분으로 역시 내겐 어머니 같은 분이셨다.

사람은 죽을 때까지 어머니와 고향에서 벗어나지 못한다는 말이 맞는 것 같다. 힘들어도 외로워도 기쁘거나 즐거워도 먼저 생각나는 것이 어머니요 고향이지 않던가. 한데 나는 그 둘 다 일찌감치 잃어버렸기에 마음에만 있었을 뿐이다. 그래서 더욱 안타깝다. 그나마 유일한 것은 초등학교 때의 친구들이다. 어쩌다 만나 얼굴 보고 밥 먹고 서로의 안부를 확인하는 게 전부지만 다들 할아버지고 할머니가 된 그들의 얼굴에서 어릴 적 개구쟁이의 모습이 살짝씩 보이는 것이 여간 신기하고 정겨운 것이 아니다. 막혔던 샘물 터지듯 쏟아지는 사투리도 정겹고 부끄러울 것도 숨길 것도 없이 근본을

다 아는 처지들이라 부담도 없어 좋다.

엊그제는 오랜만에 나도 합류해 영산포에서 올라온 홍어 맛도 보고 정겨운 목소리들도 들었다. 신설포 나루에서 영산강을 건너 기차를 탔던 간이역 사창역 이야기도 나눴고 그 사창역이 없어지고 무안역이 되었다는 이야기도 나눴다. 그러다 부모님 얘기가 나왔는데 다들 가시고 남아계신 분도 아흔을 넘으시고 건강도 안 좋으시다 해서 눈시울이 뜨거워지기도 했다. 그분들마저 가시면 우리만 남게 되는데 나이가 칠십이라 해도 부모님 안 계시면 고아란 생각이 들었다. 그런 친구들에게서 나만 조금 일찍 헤어져 허리 통증으로 병원에 들렀다 오는 길이었는데 큰이모 생각이 난 것이다.

이제 몇 날 후면 어머니가 가신 날이다. 그러나 너무 오랜 시간이 흐르다 보니 나나 그냥 기억하는 정도가 되어버렸다. 내가 그럴진대 아이들은 어떻겠는가. 한 번 본 적도 없는 할머니요 아빠로부터 들은 얘기조차 별로 없는 그들이니 그리움은 내 몫으로 족하다. 지난 추석 무렵 벌초를 하면서도 마음으로는 하직 인사를 드렸다. 혼자서만 가슴의 띠로 묶고 있는 것 같아 그만 자유롭게 해드려야겠다는 생각까지 했다. 그랬는데 오늘 갑자기 이모님 생각이 난 것이다. 아프면 마음도 약해진다더니 퍼뜩 이모님 건강도 염려가 되었던 모양이다. 아니 아직도 어리광을 부리고픈 마음이 남아 있었는지도 모른다.

이모님 전화는 한결같다. "잘 있냐? 나도 잘 있다." "아그들도 다

잘 있지야?" 그런데 그 한마디를 듣고 싶었던 걸까. 참으로 이상하다. 늘 같은 그 말 한마디에 마음은 봄눈 녹듯 따스이 녹아진다. "네, 이모님도 건강하세요!" 전화 끊는 소리가 들린 후로도 이모님의 목소리는 그냥 남아있다. 어쩌면 한 번도 제대로 불러보지 못한 '어머니'를 이제라도 불러보고 싶은 것은 아녔을까. 자유롭게 해드리겠다면서 붙들고 있는 어머니의 끈은 언제쯤 놓을 수 있을까. "잘 살거라." 이모님의 목소리가 어머니의 목소리가 되어 귓가에 맴돌고 있다. 이모님에게서 그 소리마저 끊길까 봐 내 속에선 꺽꺽 기러기 울음소리가 난다. 《펜문학》, 2017. 12.

무명 기저귀

　딸아이가 출산을 한 달여 앞두고 있다. 아내는 벌써부터 산후조리며 태어날 손주에게 해줄 일들에 정신이 쏠려 있다. 그런 아내를 보며 나도 할아버지가 되는구나 생각하니 새삼 세월이 참 빠르구나 느껴진다.

　아내가 지금 출산을 앞둔 딸아이를 낳을 무렵 나는 오랫동안 보관 중이던 어머니의 유품을 꺼내놓았었다. 외할머니께서 보관 하셨다 내게 주신 무명베 한 필이었다.

　어머니는 다른 동네까지 유명할 만큼 베를 잘 짜셨다고 한다. 그래서 어머니가 베틀을 내리는 날쯤 되면 그걸 서로 가져가겠다고 다툴 정도였으며 그렇기에 미리 부탁을 해오는 사람도 많았다고 한다. 그러나 어머니가 베틀에 앉은 기간은 그리 길지 못했단다. 몸져 누우신 후 이내 돌아가셨기 때문이다. 그 어머니가 짠 무명베인 것이다. 어머니는 당신이 짠 무명베와 모시 베 한 필을 내 몫으로 남기셨으며 외할머니께서 그걸 간직하셨다 내게 주신 것이다. 모시 베는 어느 해 여름 반바지와 조끼 비슷한 옷을 만들어 주셨던 것 같고, 무명베는 아이를 낳게 되면 기저귀 감으로 쓰라시며 주셨던 것이다. 그걸 아내에게 주어 딸아이의 기저귀 감으로 쓰게 한 것이다.

행여 아기의 약한 살에 해로울까 싶어 다시 맑은 물에 여러 번 우려내어 햇볕에 바랬는데 그렇게 하얄 수가 없었다. 적당한 크기로 잘려 빨랫줄에서 나풀대는 양이 운동회 날 하얀 머리띠로 하나 되어 줄다리기를 하던 모습을 연상케 한다.

어머니의 솜씨인 무명베 한 필은 당신의 가실 날이 멀지 않다는 것을 알고 한 점 혈육에게 남기신 마지막 당신의 사랑과 정성이었을까. 그 마음을 담아 짠 베라면 결코 당신처럼 짧은 생을 살지 말고 이 베처럼 긴 생을 살라는 기원도 담겨있을 것 같다. 나와는 만나지도 못하고 태어났다 가버린 형, 그 형을 낳은 산고로 다리에 힘을 잃어 서 있기가 힘드셨다는 어머니는 정신력으로 베틀에 앉아 베 짜기에 온 정신을 쏟았으리라. 제비처럼 날렵하게 북을 보내고 받으며 한 올 한 올에 당신의 영혼까지 담았을 무명베는 그때 그런 어머니가 할 수 있던 오직 한 가지 일이었을 것 같다.

학교를 졸업한 후 처음 할머니를 찾아뵈었더니 왕골로 짠 뚜껑 있는 둥근 바구니에서 꺼내놓으신 것이 바로 누렇게 색이 바랜 사진 몇 장과 모시 베와 무명베 한 필이었다. 세월이 흘러 어머니가 가신 지가 20년이 넘었건만 할머니께선 어머니 솜씨와 사랑 내 밴 이것들을 철이 들었다 싶자 내놓으신 터였다. 내가 자라는 동안 할머니는 수없이 이걸 꺼내어 만져보고 쓰다듬으며 먼저 간 딸과 사위를 생각했을 것이고 그때마다 한 점 혈육으로 남겨진 나를 보며 더욱 애잔해하셨으리라. 그러면서 행여 좀이라도 슬어 못 쓰게 될까 봐 살피고 또 살피며 건사해 오셨을 것이다.

어쩌면 엄마의 사랑이 자식에게 전해지는 본능적인 첫 번째 행위가 젖 물림이라면 인위적으로 해주는 첫 번째의 사랑행위는 기저귀를 채워주는 일이 아닐까.

남자가 그런 것까지 참견하려느냐고 핀잔받을 게 분명하여 잠자코 있기는 하지만 시대가 바뀌고 많은 게 변했다 하더라도 하얀 기저귀가 바람에 나풀대며 햇빛을 받는 걸 다시 보고 싶다.

힘들고 지쳐있던 어느 날 문득 어머니가 그리워져 그 무명베를 꺼내 냄새를 맡아보던 때가 있었다. 특유의 오랜 옷감 냄새 속에서 '슉삭 철커덕' 북이 지나고 베 짜는 소리가 들려왔다.

아내는 내 기대처럼 어디선가 기저귀 감을 마련해 올까. 아니면 시대의 흐름 따라 일회용 기저귀로 넘어갈 것인가 내심 궁금해진다. 하지만 내 바람은 첫 손주의 탄생과 할아버지가 되는 의식으로 무명 기저귀 깃발을 볼 수 있었음 싶다. 그건 내 어머니 아버지와 나 그리고 딸아이와 태어날 손주로 이어지는 핏줄의 선언같이 생각되어서이다. 오늘은 베틀에 앉은 어머니의 모습을 그려보며 인터넷으로 '무명베'라도 검색해 보아야겠다. 오늘따라 어머니가 더욱 그립다.

《한국수필》, 2008. 10월호

어머니의 끈

달빛 은은

어린 날, 어른들이 안 계셔서 홀로 있는 밤, 혼자 자려니 통 잠이 오질 않았습니다. 억지로 잠을 청해 보아도 초롱초롱 정신은 더 맑아지고 두 눈은 말똥말똥해졌습니다.

그때였습니다. 뚫린 창틈으로 달빛 한 가닥이 스며들어 왔습니다. 불이 꺼진 방 안, "방엔 누가 있을까?" 도저히 궁금증을 참아낼 수 없었나 봅니다. 방 안엔 가느다란 빛살 줄 하나가 뚫린 창구멍으로부터 내려졌습니다.

자리에서 일어나 방문을 활짝 열었습니다. 달빛이 한꺼번에 방 안 가득 들어왔습니다. 방 안이 밝아지자 빛살 줄은 간곳없고 안과 밖이 시리도록 맑은 달빛 세상이 되어버렸습니다. 밖으로 나갔습니다. 채 보름달이 되지 못한 달이 머리 위에서 수줍게 떠 있었습니다.

아, 어쩌면 그리도 달이 밝던가요. 달밤이라기보다는 눈부시지 않은 낮 같았습니다. 달이라는 등불 하나에 세상이 이만큼 밝아진

것입니다. 낮의 부신 햇빛과는 아주 달랐습니다. 햇빛이 밝은 형광
등이요 세련된 양장 같다면 달빛은 석유 등잔불에 모시 적삼 한복
이었습니다.

교교한 아름다움, 이른 봄의 취할 듯한 맑은 분위기, 숨죽인 조용
한 느낌의 밝음, 달빛은 그렇게 서럽도록 사람들의 마음속으로 스
며들고 젖어들었습니다. 그러고는 저마다의 가슴에 아름답고 그리
운 추억 하나씩 만들어 놓고, 아리아리 가슴 아픈 그리움에 젖게 하
는 것이었습니다.

어쩌면 이리도 고울까, 어쩌면 이다지도 아름다울까? 달빛은 순
하디순한 얼굴 가득 눈웃음까지 지어가며 어린 내 가슴에 알지 못
할 두근거림을 심어주었습니다.

나는 아름답다는 것을 현란한 색깔의 유희에 대입하곤 했었습니
다. 화려한 것이 아름답다고 생각하기도 했습니다. 한데 아름다운
것은 그렇게 여러 가지 색깔이 아니었습니다. 화려함도 아니었습니
다. 풀빛, 물빛, 지금 같은 달빛, 그러고 보니 옥색 저고리를 입은 막
내이모가 그리 아름다워 보였던 것도 바로 그 한 가지 색이 주는 아
름다움이었던 것 같습니다.

그래서인지 평소에도 하얀 소복을 한 모습을 보면 더없이 정갈하
고 아름답다는 생각을 하곤 했습니다. 부활절 아침 성찬식을 위해
하얀 한복을 입고 예배당에 앉아있는 모습이 성스러울 만큼 아름다

워 보였던 것도 그 때문일 것입니다. 흰색은 그대로 부시지 않은 빛 남이었습니다. 그리고 보니 추억의 색깔들도 현란하지 않았습니다. 빛바랜 누런색이거나 연기 같은 옅은 회색으로 희미하게 기억되는 것들입니다.

삶도 살아있는 것들 사이에서 그렇게 화려한 유희가 아니라 명멸하듯 다소곳이 스러지거나 숨는 것이었습니다. 생명이란 살아있음으로 아름다운 것이지만 나는 소멸의 미학처럼 스러지는 모습에서 더 큰 감동을 받기도 합니다.

어떤 이는 별똥별처럼 순간적으로 찬란한 빛을 내다 스러지기도 하고, 어떤 이는 호수를 한참 동안 홍시 빛으로 물들이며 황홀할 만큼 아름답게 순간을 장식하다가 서서히 사라지기도 합니다. 그런가 하면 흐린 날 저녁처럼 빛도 없이 낌새도 없이 가고 말기도 합니다. 하지만 사람의 생명이란 살아있을 때는 햇빛 같지만 생명이 다하고 나면 그대로 어둠인 것이 아니라 은은한 달빛같이 기억으로 남아있곤 하나 봅니다. 지는 모습, 사라지는 모습은 달라도 사라진 후의 여운은 모두 은은한 달빛입니다.

요즘 들어 웬일인지 그 어린 날 한밤의 달빛이 이따금 두려움으로 생각나곤 합니다. 다시 그날처럼 혼자 있게 된다면 분명 그날처럼 달빛에 취하진 못할 것입니다. 어쩌면 이불을 뒤집어쓰고 혼자라는 두려움으로 온 밤을 떨고 있을지도 모릅니다.

지금 와 생각하니 달빛은 내 살아온 삶 내내 잠재해 있던 희망이었습니다. 부시지도 그렇다고 아주 어둡지도 않게 나를 지켜주던 빛이었습니다. 태양이 있을 때라고 달이 없는 것이 아닌 것처럼, 그날의 달빛이 지금껏 내 기억 속에 남아 있었던 것은 하나의 추억거리가 아니라 보이지 않았을 뿐 나를 지켜주던 힘이었음이 분명합니다.

　살아온 날을 돌아보면 내 스스로 태양처럼 빛을 내며 살아온 것은 없었습니다. 그저 사랑으로 도움으로 위로로, 나는 늘 그렇게 남의 빛을 받아 살아왔습니다. 그리고 보면 달빛이야말로 순수한 사랑의 결정結晶일 수 있습니다. 받은 것을 다시 나누는 아름다움입니다. 그러나 나는 그렇지도 못합니다. 남의 빛을 빌어 살아왔으면서도 받은 만큼도 나누지 못하는 부족함입니다. 태양 빛은 고사하고 달빛 은은함으로도 살지 못하는 나입니다.

　언제쯤에나 나도 은은한 달빛처럼 받은 것이라도 나눌 수 있게 될지 모르겠습니다. 어린 날, 은은하게 시리도록 맑게 내리던 달빛처럼 내 삶도 있는 듯 없는 듯 조용히 달빛으로나 밝고 싶습니다.

계간《에세이21》, 2004. 창간호

살그머니

나는 '살그머니'란 말을 참 좋아한다. 나쁜 짓을 하려는 모습 같을 수도 있겠으나 그 반대로 좋은 일을 아무도 모르게 사알짝 해놓고 가버리는 모습일 수도 있으니 얼마나 사랑스럽고 귀여운 행동인가.

지금은 아기엄마가 된 딸아이가 어렸을 때 가끔 내게 장난을 했었다. 앉아있는 내 뒤로 살금살금 걸어와 내 눈을 가리고 '누구게?' 하곤 했다. 그러나 저는 아무리 살금살금 다가온다 해도 나는 이미 낌새를 차리기 마련이었다. 그래서 어떤 때는 오히려 내가 기다리고 있다 그의 작은 손이 내 눈을 가리려는 순간에 그의 손을 잡아버려 놀래켜 주기도 했었다. 살그머니 다가와 내 손에 잡힌 그 작은 손의 보드라움, 따스함, 사랑스러움이 살그머니 내 가슴에 행복으로 차 오르곤 했다.

시골길을 가고 있었다. 한데 네댓 살 되어 보이는 여자아이 하나가 살그머니 담장 너머로 고개를 내밀고 지나가는 나를 훔쳐보고 있었다. 내가 고개를 돌려 아이를 보자 아이는 슬그머니 담장 아래로 숨어버렸다. 나는 모른 체하며 보폭을 줄여 걸었다. 아니나 다를까, 아이가 사알짝 고개를 내밀다 나와 눈이 마주쳤다. 아이가 씽긋 웃었다. 낯선 나를 몰래 훔쳐보려 했던 게 미안했는지도 모른다. 그러나 아이의 수줍듯 맑은 웃음은 살그머니 내 가슴으로 스며들었다.

어느 날 강은교 시인의 시 「살그머니」를 읽다가 그 시 속에 흠뻑 젖고 말았다.

비 한 방울 또르르르 나뭇잎의 푸른 옷 속으로 살그머니 들어가네/ 나뭇잎의 푸른 웃도리가 살그머니 열리네/ 나뭇잎의 푸른 브롯치도 살그머니 열리네/ 나뭇잎의 푸른 가슴호주머니도 살그머니 열리네//

햇빛 한 자락 소올소올 나뭇잎의 푸른 줄기세포 속으로 살그머니 살그머니 걸어가네/ 나뭇잎의 푸른 가슴살을 살그머니 살그머니 쓰다듬네/ 나뭇잎의 푸른 스카프 폭풍에 펄럭펄럭 휘날리는데/ 나뭇잎의 푸른 가슴살 살그머니 살그머니 빙하로 걸어가는데/ 살그머니 살그머니 빙하를 쓰다듬는데/ 나뭇잎의 푸른 웃도리 나뭇잎의 푸른 브롯치 나뭇잎의 푸른 스카프, 나뭇잎의 푸른 가슴호주머니, 나뭇잎의 푸른 피톨들을 살그머니 살그머니 살그머니 감싸 안는데// 살그머니 너의 속살을 벗기고 가슴호주머니를 만지니, 살그머니 열리는 너의 수천 혈관의 문// 시간이 한층 두꺼워지네//

어머니의 끈

우리의 사랑도 살그머니 두꺼워지네/

비 한 방울이 또르르 나뭇잎 푸른 옷 속으로 살그머니 들어간다. 그러자 나뭇잎의 푸른 '웃도리'가 살그머니 열리고 푸른 '브롯치'도 열리고 푸른 '가슴호주머니'까지 살그머니 열린다. 그러더니 햇빛 한 자락이 소올소올 나뭇잎의 푸른 줄기세포 속으로 살그머니 걸어가 푸른 가슴살을 살그머니 쓰다듬으니 푸른 스카프가 바람에 살랑인다.

'살그머니'로 이뤄지는 이런 아름다움을 얼마나 많은 사람들이 보고 듣고 느낄 수 있을까. 남이 알아차리지 못하게 조용히 움직이는 모습인 '살그머니'로 빗방울과 나뭇잎 사이, 햇빛과 나뭇잎 사이, 그대와 나 사이의 사랑이 은밀하며 풍부하게 만들어지는 것 아닌가.

세상을 바라보는 눈이 이리 맑을 수만 있다면, 세상을 듣는 귀가 이리 깨끗할 수 있다면, 세상을 말하는 입이 이리 고울 수 있다면 세상은 '살그머니 열리는 너의 수천 혈관의 문, 시간이 한층 두꺼워네, 우리의 사랑도 살그머니 두터워지네' 시인의 소망이 우리의 소망으로 이뤄지지 않을까.

요즘 삶에선 보다 나지막하게, 작게, 조심스럽게 세상을 살아가는 지혜도 아쉽기만 하다. 살그머니 잡아주는 사랑하는 아내와 남편의 손, 살그머니 잡아주는 사랑하는 자녀들의 손, 힘든 삶을 살고 있는 후배, 이웃, 친구들의 살그머니 잡아주는 격려의 손, 세상은 그럴 때 맑고 밝게 생명으로 열리지 않을까. 살그미, 살그니, 살그머니, 슬그머니 잡아주는 그대와 나의 손으로 만들어지는 행복하고 아름다운 세상.

초인종 소리가 들린다. 전화가 오더니 딸아이가 아기를 데리고 오나 보다. 이제 돌이 갓 지난 아이다. 오늘은 제 어미가 내게 했던 것처럼 내가 손녀에게 '누구게?'를 해 보아야겠다. 살그머니 뒤로가 내 손바닥보다 작을 그 얼굴의 눈 부분만 사알짝 가린 내 손으로 살그머니 전해져 올 보드라운 감촉에 나는 벌써부터 입가에 웃음이 감돈다. 내가 제 할아버지란 걸 알면 녀석도 내게 그렇게 살그머니 다가올까. 《에세이21》, 2009. 겨울호

추억의 정물

작은 물건 하나가 사람의 마음을 이만큼 그리움으로 몰아가기도 한다. 모임을 마치고 점심을 먹으러 갔는데 음식점 입구에 놓인 놋대야가 눈길을 끈다. 그냥 보라고 놔둔 것인지, 다른 용도로 쓰이고 있는지는 모르겠으나 오랜만에 만난 놋그릇이 참으로 반갑고 정겹다.

반가움과 신기함에 손가락으로 톡, 하고 살짝 튕겨 봤더니 티잉 하고 맑은 쇳소리를 낸다. 손으로 들어보니 한 손으로 들기엔 무거움을 느낄 만큼 꽤 무겁다. 살이 두터운 투박한 대야다.

그런데 대야를 보자 어린 날 집에서 쓰던 세숫대야가 퍼뜩 생각난다. 아침이면 세수를 하기 위해 사랑채 큰 솥에서 데운 물을 퍼다 세숫대야에 붓던 일이며, 한겨울 그 무거운 양은 대야를 들고 옮길라치면 밤새 얼었던 것이라 어찌나 차갑던지 손이 쩍쩍 붙던 기억도 난다. 거기에 뜨거운 물을 부으면 댕 하니 대야의 언 몸이 녹던 소리, 찬물을 적당히 섞어 세수를 하던 기억이 어제인 양 새롭다. 그런데 오늘 이렇게 생각잖은 곳에서 까맣게 잊고 있었던 놋대야를 만난 것이다.

대야는 내가 어렸을 때만 해도 대단한 물건이었다. 혼수에도 대야는 중요한 품목이었을 만큼 그만큼 다양한 용도로 소용되었기 때문이다. 그래서 혼수품 대야는 크기가 다른 것으로 한 죽 정도 갖추곤 했던 것 같다.

옛날에는 새로 시집온 새댁은 날이 밝기 전에 일어나서 세수를 하고 머리 빗질을 한 뒤에 사당과 시어른들께 차례로 문안 인사를 올렸다. 아무리 급하더라도 세수하지 않은 얼굴이나 빗질하지 않은 머리 모습으로 시부모를 대하지 않았으며 진지도 짓지 않았다. 새댁은 아침 낮뿐 아니라 틈나는 대로 손을 씻어 정갈하게 했다. 이것은 비단 새댁만이 아니라 남편이나 시부모도 일어나자마자 세수를 한 뒤에야 의관을 바로 하였고 결코 세수를 하지 않아 침 자국이 남은 얼굴이나 눈곱이 낀 얼굴을 남에게 보이지 않았다.

이때 쓰이던 용기가 바로 세숫대야였다. 물론 대야가 세수용 만인 것은 아니었다. 목욕용으로 쓰는 대형의 드무, 뒷물용 소형의 소래기, 손이나 발을 씻는 관분盥盆 등 용도에 따라 여러 가지의 대야가 있었다. 더구나 남녀노소가 따로 사용하였기에 많은 수량이 필요했고, 이들 대야를 만드는 재료 또한 돌, 사기, 나무, 종이, 놋 등 다양하였다.

조선시대에는 특히 놋대야가 가장 널리 이용되었다고 한다. 그러나 당시의 선비들은 언제 어디서나 의관을 정제해야 했으므로 대야를 휴대하고 다녔는데 여유가 있는 양반들은 말에 싣거나 하인이 가지고 다녔지만 그래도 무엇보다 휴대에 편해야 했으므로 종이에 기름을 먹여 겹겹이 바른 뒤 옻칠을 해서 만든 종이 대야까지 있었다고 한다.

돌 대야는 주로 붙박이로 요즘의 세면기처럼 중앙의 바닥에 물을 빼는 구멍을 두고 위로는 넘치는 물이 한쪽으로 흘러나가도록 모퉁이에 홈을 팠는데 어릴 적 우리 집에도 있어서 특히 비가 온 날 후면 고인 물에 종이배를 접어 띄우며 놀기도 했었다. 그렇게 가까이서 늘 요긴하게 쓰던 대야들을 일제강점기에는 쇠붙이인 것은 모두 전쟁물자로 빼앗아 가 버렸다며 아쉬워하시던 할머니의 물기 밴 말씀이 지금도 생생하다.

지금 내가 보고 있는 대야는 근래에 만들어진 것 같은데 크기와 모양으로 봐서는 세숫대야도 그렇다고 특별한 다른 용도로도 마땅히 쓰기는 어려울 것 같아 그냥 장식용이 아닐까 싶다. 꽃꽂이를 하는 문우는 꽃꽂이 받침용으로 제격이라며 욕심을 내면서 주인에게 작전(?)을 펴는 것 같은데 일이 성사될지는 모르겠다.

그리고 보면 대야는 주로 위생도구였던 만큼 우리의 선인들은 위생관념에 대단히 철저했던 것 같다. 대야의 크기와 모양에 따라 다양하게 사용되어졌던 것을 보더라도 얼굴과 손, 발, 머리 그리고 생식기까지 각기 다른 그릇에 씻었던 것을 보면 오늘날의 우리보다도 더 위생적이었던 것 같기도 하다.

새벽 미명에 일어나 세숫대야에 물을 떠서 얼굴을 씻고 곱게 한복을 차려 입은 후 시부모님께 아침 인사를 드리는 새색시, 역시 미리 세수를 한 후 의관을 정제한 채 자식들의 아침 문안을 받는 모습, 오늘날엔 번거롭다고 한마디로 무시해 버릴 일 같지만 얼마나 운치 있고 아름다운 모습인가.

아침 문안은 사실 인사보다도 어쩌면 밤사이에 있었을지도 모르는 부모님의 건강 상태 안위를 그렇게라도 점검코자 하는 숨겨있는 의미가 더 중요한 것 아녔을까. 그러니 그 시절엔 사랑채에서 헛기침 소리만 들려도 이내 달려가 무슨 일이 있는가 여쭤보곤 했었다. 그러나 아무도 모르는 채 혼자서 목숨이 끊긴 노인의 주검을 몇 날 후에나 발견했다는 보도를 듣게 되는 요즘이고 보면 과연 어떤 것이 좋은 것인지 그리고 언제부터 우리가 그렇게 편한 것만 찾게 되었는지 격세지감을 느끼게 한다.

나도 할아버지 세숫물 시중을 가끔 들었었다. 그런데 그게 참 싫었다. 물을 담은 세숫대야를 들고 옮기다 보면 시린 손보다도 세숫대야의 물이 출렁거리다 튀기곤 했기 때문이다. 지금 생각하면 요령이 없어서 그렇게 물이 튀겼던 것인데 그땐 의당 다 그러는 줄만 알았었다.

추운 날 손이 쩍쩍 달라붙는 놋대야나 양은 대야에 따뜻한 물을 담아 할아버지 방문 앞 댓돌 위에 올려놓으면 할아버지께선 그렇게

어머니의 끈

세수를 하셨다. 손님이 오셨을 땐 별도로 비누와 이 닦을 소금을 접시에 담고 양칫물까지 내가곤 했었다. 그러나 그런 기억보다도 엿장수의 가위 소리가 들리면 엿으로 바꿀 만한 무엇이 없는지 집 안을 뒤지다 금이 간 놋대야를 발견하곤 환호성을 지르며 냅다 그걸로 엿을 듬뿍 바꿔 먹고는 혼이 날까 봐 몇 날을 끙끙 맘고생을 하며 앓았던 기억이 훨씬 생생하다.

추억이란 지난 것에 대한 그리움이지만 어쩌면 다가올 것에 대한 기다림을 미리 보는 것일 것 같다. 따지고 보면 우리가 쓰는 작은 물건 하나도 결코 하찮은 것은 없지 않을까. 세월이 지나면 오히려 그 하찮았던 것들이 더 그리워지고 소중해지는 것을 많이 겪지 않던가.

종이 위에 덩그마니 그려진 놋그릇의 정물화 한 점 같은 작은 놋대야 앞에서 나는 까맣게 잊고 있었던 50여 년 전을 되돌리며 그때를 추억하고 있다. 정녕 산다는 것은 추억을 만드는 일이고, 그 추억을 회상하는 일이고, 그러면서 나 또한 알게 모르게 또 다른 누군가의 추억거리가 되어가고 있는 것이리라. 사알짝 놋대야를 손가락으로 다시 튕겨본다. 티이잉-, 이 소리가 그리움의 소리일까?

월간 《에세이플러스》, 2006. 창간호

작가 연보

호: 늘샘·석림 e-mail: nulsaem@daum.net
수필가·칼럼니스트·문학평론가
• 1951년 11월 12일 전남 나주 출생

• 계간 《한국수필》(1987. 가을, 초회) 1989. 봄호, 천료 등단
• 월간 《조선문학》(2008. 8월호) 문학평론 당선 등단
• 한국수필창작문예원장
• 사)한국수필가협회 이사장
• 월간 한국수필 발행인 겸 편집인
• 재)국립세계문자박물관 이사
• 사)서울문학의집 이사
• 사)국제펜한국본부 이사
• 한국학술문화정보협회 부이사장
• 사)한국문인협회 부이사장(역임)
• 재)한국지역문화개발원 감사(역임)
• 문화체육관광부 지역문화추진법 전문위원(역임)
• 강남문인협회장(역임)
• 한국수필작가회장(역임)
• 사)한국수필가협회 사무처장(역임)
• 월간 한국수필 주간(역임)
• 수필세계·선수필·좋은문학·에세이포레·건강과생명 편집위원

■ 문학상 수상

• 제5회 허균문학상(1997.4.19)-날마다 좋은 날, 유정
• 제1회 서울문예상(1998.12.14)-날마다 좋은 날, 유정
• 제20회 한국수필문학상(2002.2.23)-오렌지색 모자를 쓴 도시, 범우사
• 제20회 동포(東圃)문학상 대상(2005.3.12)-서서 흐르는 강, 선우미디어
• 제23회 현대수필문학상(2005.3.25)-서서 흐르는 강, 선우미디어
• 제7회 구름카페문학상(2011.12.1)-그리움을 맑히는 세 개의 이미지, 문학관

- 한국크리스천문학 우수작품상(2011.11.10)-그랭이발, 한국크리스천문학 제47호
- 제1회 현석김병규수필문학상(2014.11.28)-자작나무 기억의 숲으로 떠나는 여행, 북나비
- 제3회 월간문학상(2014.12.17)-응시, 월간문학(2004)
- 제36회 조연현문학상(2017.12.22)-내 향기 내기, 북나비
- 제23회 신곡문학상 대상(2018.2.20)-누름돌, 범우사
- 제1회 상록수문예 대상(2019.10.9)-그냥, 북나비
- 제36회 펜문학상(2020.12.10)-어떤 숲의 전설, 북나비
- 대한민국예술문화 공로상(2021.10.15)
- 제2회 리더스에세이문학상 대상(2022.12.14)-내 향기 내기, 북나비
- 제19회 원종린수필문학상 대상(2023.9.9)-고요, 그 후, 북나비

■ 창작지원금

- 1995년 한국문화예술진흥원 창작지원금
- 2004년 한국문화예술진흥원 창작지원금
- 2017년 한국출판산업진흥연구원 창작지원금

■ 우수문학 도서 선정

- 2001 한국문화예술진흥원우수문학작품(살아있음은 눈부신 아름다움입니다, 내일)
- 2002 한국문화예술진흥원 우수문학도서(오렌지색 모자를 쓴 도시, 범우사)
- 2015년 세종도서나눔우수문학도서(그냥, 북나비)
- 2019년 아르코문학나눔 우수도서 선정(어떤 숲의 전설, 북나비)

■ 중·고등학교 교과서 등재

- 중학교[국어1](비상교과서, 2013)에 〈햇빛마시기〉
- 중학교[도덕2](도서출판디딤돌, 2011)에 〈기다림의 꽃〉
- 고등학교 문학〈상〉(도서출판디딤돌, 2003) 〈에세이〉
- 고등학교 교사지도서[문학](천재교과서, 2012)〈기행수필의 맛과 멋내기〉
- 고등학교[국어하](천재교육, 2012) 〈수필문학의 특성〉
- [국어교과서 작품읽기 중1수필](창비, 2012)에 〈햇빛 마시기〉
- [미리 보는 중학교과서 수필](천재교육, 2012)에 〈햇빛 마시기〉

- [미리 보는 중학국어 수필](고래가 숨쉬는 도서관, 2012)에 〈햇빛 마시기〉
- [개념 쏙 국어교과서풀이 수필1](신원문화사, 2013.7)에 〈햇빛 마시기〉
- 중국 동북3성과 연변 중학생 작문(연변교육출판사, 2009.4.)에 수필 〈행복한 책임감〉
- 대학 수능 실전모의고사〈언어영역〉(메가북스, 2010)에 수필 〈땅따먹기〉
- 대학 수능 매가스터디〈언어영역 문학 375제〉(메가북스, 2011)에 수필 〈살아보기 연습〉

■ 특별 교재 등재

- 2000년을 대표하는 문제수필〈한국비평문학회〉(한국문화사, 2001)에 수필 〈섬이 되어〉
- 2001년을 대표하는 문제수필〈한국비평문학회〉(한국문화사, 2002))에 수필 〈지나쳐 가기〉
- 2002년을 대표하는 문제수필〈한국비평문학회〉(한국문화사, 2003)에 수필 〈우요일〉
- 2006년을 대표하는 문제수필〈한국비평문학회〉(한국문화사, 2007)에 수필 〈오월
  그리고 어머니〉
- 2012 한국의 좋은수필(서정시학, 2012)에 수필 〈어깨너머〉
- 2013 한국의 좋은 수필(서정시학, 2013)에 수필 〈누름돌〉
- [오늘의 한국대표수필 100인선](문학관, 2013)에 수필 〈어머니의 눈길〉
- [한국현대수필 75인선](미리내, 2014)에 수필 〈누름돌〉
- [한국현대수필 100년](연암서가, 2014)에 수필〈내버려둠에 대하여〉.

■ 작품집 발간(시집 1, 수필집 18, 문학평론집 2)

- 시집
  〈아름다울 수〉(1989, 문학아카데미)·
- 수필집
  〈아침무지개가 말을 할 때〉(1990. 대림기획)·-KBS방송수필집
  〈날마다 좋은 날〉(1995, 도서출판 유정)
  〈살아있음은 눈부신 아름다움입니다〉(2001, 도서출판 내일)
  〈오렌지색 모자를 쓴 도시〉(2002, 범우사)
  〈서서 흐르는 강〉(2004, 선우미디어)
  〈기다림의 꽃〉(2005, 선우미디어)
  〈문학에게 길을 묻다〉(2008, 수필과비평)
  〈행복의 강〉(2008, 북나비)

〈행복이 사는 곳〉(2009, 라온누리)

〈자작나무 기억의 숲으로 떠나는 여행〉(2012, 북나비)

〈그냥〉(2015, 북나비)

〈내 향기 내기〉(2017, 북나비)

〈어떤 숲의 전설〉(2019, 북나비)

〈고요, 그 후〉(2022, 북나비)

• 문학평론집

〈좋은 수필 쓰기 좋은 수필 바르게 읽기〉(2016, 문학방송)

〈창작과 비평의 수필쓰기〉(2016, 문학방송)

• 수필선집

〈숨어있는 향기〉(2003. 교음사) 현대한국수필가 100인선집 · 45

〈그리움 열기〉(2009.좋은수필사)·한국현대수필가100인선 · 46

〈그리움을 맑히는 세 개의 이미지〉(2011, 문학관) · 09

〈누름돌〉(2017, 범우사) 범우문고 · 305

■ 문학상 심사

서울특별시 서울이야기공모전/올림픽조직위원회/월드컵조직위원회/철도청·철도문화진흥재단/한국문화예술위원회(아르코)/대구일보·경북문화체험공모전/인사혁신처·공무원연금공단/KBS·근로복지공단/농어촌진흥공사/미래창조과학부·한국전파진흥협회/기상청/문체부·한국출판문화산업진흥원/중소기업중앙회/한국전력기술주식회사/KT&G복지재단·한국노인종합복지관협회/한국해운항만공사/동서식품·동서문학상/건설회관·건설문학상/동국대학교·만해백일장/한국문인협회/마로니에백일장/병무청·병영문학상/문학의집서울·우리동네이야기공모전/(재)이지웰가족복지재단·가족사랑문예공모전/월간문학/한국수필/(사)한국산림학회·녹색문학상/한국효문화본부·효문화공모전/

■ 연재 및 문학강좌

• 월간『건강과 생명』 '최원현의 살며 생각하며'

• 월간『행복한 우리집』 '최원현의 살며 사랑하며'

• 전남매일 오피니언 에세이

• 강남시니어플라자·평창문예대학·롯데문화센터(잠실)·마포평생학습관 수필창작 강의

■
16962 경기도 용인시 기흥구 구갈로 115-16, 205동 304호
　(신갈동 도현마을 현대아이파크)
Tel. 010-2733-2816